Terug op de achterbank

Van Olivier Willemsen verscheen eerder
bij De Harmonie:

Morgen komt Liesbeth
Roza

Olivier Willemsen

TERUG OP DE ACHTERBANK

De Harmonie, Amsterdam

Nu alles is zoals het is geworden,
nu alles is zoals het is
komt het, hoewel, misschien
hoewel, tenslotte nog in orde.

Judith Herzberg

Morgen gaat het gebeuren: ik ga met mijn ouders op zomervakantie. Ik ben tweeënveertig jaar, mijn relatie is voorbij en ik kom net uit een depressie. Toen mijn moeder vroeg of ik het gezellig zou vinden om mee te gaan naar een huisje in de Auvergne, heb ik ja gezegd.

Mijn vader belde om te vragen wat ik in de droppot voor onderweg wil.

Niet te lang bij stilstaan, je hebt hier zelf voor gekozen.

'Doe maar iets met salmiak.'

'Salmiak wordt een plakboel!' hoorde ik mijn moeder roepen.

Mijn moeder heeft plakboelen al door voordat het plakboelen worden.

'En zeg tegen hem dat-ie zo'n strakke zwemslip meeneemt.'

We gaan met de auto, net als vroeger. Alleen ben ik nu ouder en kalend.

'Misschien vinden we wel een leuk Frans vriendinnetje voor je,' zei mijn moeder.

Ik weet nu al dat ze me aan een serveerster die ons de Orangina brengt zal proberen te koppelen.

'Die met die vlechtjes, is dat niks voor jou?'

Een Française in de familie zou mijn moeders bestaan completeren.

Ik neem vanavond de trein vanuit Amsterdam naar mijn geboortedorp. Het leek mijn vader handig als ik bij hen zou slapen, want ze willen voor dag en dauw vertrekken. Hij streeft er al veertig jaar naar om rond twaalven bij Parijs te zijn omdat de Périphérique dan rustig is. 'Een Fransman slaat geen middagmaal over!'

Morgenochtend zal ik op de achterbank zitten als hij het aantal kilometers naar onze bestemming meedeelt en daarna toekijken hoe hij zijn arm om mijn moeders hoofdsteun legt, zijn hoofd indraait alsof hij een stijldans gaat leiden en achteruit de oprit afrijdt. Vanaf dan is er geen weg terug.

De heenreis

Ik lig op mijn oude slaapkamer en tel de balken aan het plafond. Ik weet precies hoeveel het er zijn, ik heb ze zo vaak geteld. Als kind positioneerde ik me op zo'n manier in bed dat ik ze zou kunnen ontwijken mochten ze vallen. Nu ga ik er recht onder liggen. Merel, mijn eeuwige steun, zei dat ik deze vakantie alles maar over me heen moet laten komen. Zo'n balk zou een goed begin zijn.

Een auto heb ik niet meer. Die was van Anna, net als ons huis, de tuin, de keuken. Onderweg in de trein probeerde ik niet naar een jong stel te kijken dat tegenover me zat te smiespelen. Achter me telefoneerde een vrouw over een feest waar ze die avond naartoe ging. Zelf belde ik op fluistertoon met mijn moeder om te zeggen dat ik om negen over zes op het station zou zijn. 'Je zal moeten lopen,' antwoordde ze, 'je vader is al bezig met het inladen van de auto.'

Ik trok mijn rolkoffer achter me aan door de straten van het dorp. Huis na huis rook ik de geur van varkenslapjes, van gehaktballen sudderend in de jus. Hier kom ik vandaan. Een bakstenen dorp op de grens van Limburg en Brabant waar de rolluiken om zes uur voor de ramen worden neergelaten maar waar de Croma altijd een weg naar buiten vindt.

Mijn vader had zich over de motor van zijn nieuwe auto gebogen. De rode Renault stond als een uitgeklapt Zwitsers zakmes op de oprit; vier portieren open, achterklep in de lucht, motorkap omhoog. Hij kwam met de peilstok onder de kap vandaan en bestudeerde het streepje olie. Mijn vader ging zo op in zijn voorbereiding van de reis dat hij me pas zag toen ik naast hem kwam staan. Ik snoof het mengsel van olie en benzine op; die verwachtingsvolle geur van reizen en onderweg zijn. Hij zette zijn gehoorapparaat aan. Er zijn tegenwoordig onzichtbare elektronische knopjes op de markt, maar hij zweert nog steeds bij dat garnaalvormig stuk tandvlees boven zijn oor.

'Hans Kamstra, die ken je nog wel.'

Hij keek zorgelijk over zijn bril.

'Hooguit een maand. Leverkanker.'

Altijd als ik bij mijn ouders op bezoek ga, krijg ik ter begroeting van mijn vader eerst te horen wie er terminaal is of dood. Ditmaal was het de beurt aan mijn oud-aardrijkskundeleraar.

In de hal stond alle bagage klaar. De vakantiespanning was overal voelbaar. In de woonkamer, in de keuken, in mijn moeder. Ze schepte met een grote lepel nasi om in een dampende pan. Naast het fornuis lag een geel opengescheurd zakje Conimex-kruiden. Ik gaf haar een kus op de wang.

'Mooi op tijd, Kokindje. Zeg je tegen je vader dat de eieren over twee minuten de pan in gaan?'

Na het eten werd de televisie aangezet. De goudenkoffertjesquiz met Linda de Mol, waarin kandidaten een deal kunnen sluiten met de bank.

'Lummel,' zei mijn moeder toen ze zich stoorde aan een speler die in haar ogen veel eerder genoegen met het bod had moeten nemen en daardoor met lege handen achterbleef.

Zelf had ik ook allang op zo'n rode knop moeten slaan; het bod accepteren en met Anna of desnoods met mijn jeugdliefde aan een gezin moeten beginnen. Nu zat ik op de bank naast mijn moeder die maar naar de tv bleef roepen dat ze een voorgevoel had dat het miljoen in koffer zeven schuilging.

'Bedtijd, jongens,' besloot ze om kwart over negen.

Tijdens het tandenpoetsen kwam mijn vader naast me staan. Hij plugde zijn Philishave in en bewoog de roterende mesjes kalm over zijn wangen. Ik bekeek hem in de badkamerspiegel. Hij is tegenwoordig twee koppen kleiner dan ik. Pigmentvlekken op zijn schedel, dikke aderen op de rug van zijn hand.

'Fijn dat je nu al bent gekomen,' zei hij boven het gebrom van het apparaat uit. 'Want het zou toch mooi zijn als we morgen rond lunchtijd bij Parijs zouden zijn.'

'Een Fwansman swaat gween mwiddagmwaal ower.'

Mijn vader glimlachte. Ik zag weer hoe we vroeger voor diezelfde spiegel stonden, hij vier koppen groter. Soms hield hij de bolle kant van zijn scheerapparaat even tegen mijn wang en dan trilde mijn lijf van volwassenheid; van al dat leven dat er toen nog aan zat te komen maar waarvan nu intussen de helft was verstreken.

In de spiegel dook ook mijn moeder op. Ze trok haar broek naar beneden en ging met haar armen rustend op haar bovenbenen en haar hoofd afgewend zitten plassen.

Een van de draagbalken is in mijn slaap naar beneden gevallen. Mijn kamer staat vol met mensen. Blauw licht flitst tegen de muren. Anna knijpt in mijn hand. Ze schreeuwt dat ik moet blijven leven. Dat ik voor háár moet blijven leven. 'Iedereen afstand nemen!' roept Hans Kamstra in zijn geelgroene ambulancekleding. Hij drukt twee strijkijzers op mijn borst.

Er wordt hard op de deur geklopt.

'Kokindje, het is zover!'

Groot licht. Mijn moeder trekt de gordijnen open en ik wrijf morrend in mijn ogen. Had ik niet het eerste uur vrij? Dan ruik ik de warme koffiegeur die naar boven is gedreven. Ik stap onder de douche en trek mijn reiskleren aan; een stapeltje dat ik gisteravond op advies van mijn moeder heb klaargelegd op de commode in mijn slaapkamer. In die ladekast, waarop mijn lichtgevende globe nog altijd staat, bewaart mijn vader nu zijn postzegelverzameling.

'Ik kan de tuindeursleutel nergens vinden,' mompelt hij onder aan de trap.

Mijn vader banjert door het huis terwijl mijn moeder aan de keukentafel zit en broodjes smeert. Op het aanrecht pruttelen de laatste druppels koffie in de glazen pot. Het komt me allemaal zo bekend voor. Ik zie mezelf verschijnen in het raam achter mijn moeder, een nachtspiegel die het licht binnenhoudt en het donker buiten.

'Het raam is een nachtspiegel, mama.'

Ik steek een arm naar mezelf omhoog om er zeker van te zijn dat ík het ben daar in het glas; een verward stroblond jongetje van acht, vroeg uit zijn slaap gehaald voor de reis naar Frankrijk. In de lente had ik eens naar een roodborstje gekeken dat zijn rivaal uit dezelfde ruit probeerde te verjagen. Met driftig snavelgetik ging het vogeltje buiten tekeer. Het raamgevecht putte hem zo uit dat hij en zijn spiegelbeeld levenloos neervielen.

'Kokindje, vergeet je niet om zo zelf nog even naar de nachtspiegel te gaan?'

Ik vlei me tegen mijn moeder aan. Ze legt me uit dat het woord 'nachtspiegel' een oud begrip is voor pispot en wijst met haar broodmes richting het raam: 'Die van oma Tilburg staat nu buiten bij de vijver, papa heeft er een oeverplant ingezet.'

De porseleinen po staat nog altijd ergens in de tuin. De katten uit de buurt slurpen er regenwater uit. Oma zelf staat inmiddels al jaren naast opa op de schouw in de woonkamer.

'Heb je een beetje kunnen slapen in dat oude bed?' vraagt mijn moeder.

Ik kijk over haar schouder mee hoe ze de broodjes smeert. Bruine bol doormidden, messtreek boter erop, plakje belegen en dan hup de klep weer dicht. Er is weinig veranderd sinds de jaren tachtig. Alleen is de kaas nu biologisch en mag mijn vader van de dokter geen roomboter meer. In december zat ik altijd naast haar aan deze keukentafel. Als laatste schakel in mijn moeders productielijn van kerstkaarten mocht ik de zegels likken omdat ik hield van de smaak van de gom. Opa Eersel had me eens wijsgemaakt dat postzegels overal op de wereld anders smaakten. In Duitsland naar zand, in België naar praliné. Ik heb dat lang geloofd, tot hij me op een dag meenam naar de grensovergang bij Lommel om bij het wisselkantoor een nieuw setje voor zijn verzameling te kopen. Hij stak me een verse zegel toe. Geen bonbonsmaak natuurlijk, maar wel net zo lekker zoetig als de achterkant van Beatrix.

'Ik had toch, ik snap het niet, ik ben gisteren nog...'

Mijn vader loopt peinzend door de keuken. Hij is tegelijkertijd met de tuindeursleutel ook zijn geheugen aan het zoeken.

'Je broekzak,' zegt mijn moeder terwijl ze een zak broodjes dichtknoopt. 'Wat had je gisteren aan?'

De sleutel zat in de broekzak.

Kwart over vier. Terwijl mijn moeder onze reis aan de keukentafel voorbereidt, laadt mijn vader de auto vol met spullen die hij gisteravond niet aan de straat had durven toevertrouwen, zoals zijn wereldontvanger, mijn moeders beautycase en twee nieuwe Wilson-tennisrackets. Ik heb hem aangeboden te helpen, maar het inladen is al decennialang zijn specialisme. In de jaren dat we met onze krappe Peugeot op vakantie gingen, proefpakte hij het weekend van tevoren of alles erin paste. Bij een overtollige situatie besliste mijn moeder wat er thuisbleef. Vanuit de woonkamer zie ik mijn vader zijn gang gaan. Soms kruipt hij even achter het stuur van de Renault om zijn zichtlijnen te controleren, als een kunstschilder die een paar stappen terug doet en zijn werk met arendsogen bekijkt. De binnenspiegel is zijn jachtterrein. Alleen is mijn vader geen jager maar gepensioneerd docent Economie. Hij draagt zijn korte beige cargobroek met daaronder één vleeskleurige steunkous. Hij houdt kennelijk nog steeds van de wind om zijn benen. Een vakantie voor zijn lijf, zo noemde hij dat vroeger. Als hij thuiskwam van zijn laatste werkdag hees hij zichzelf altijd meteen in korte broek. Op school was het dragen ervan voor docenten verboden. 'Waar de korte broek opduikt, neemt de autoriteit de benen,' had de rector hem gewaarschuwd toen hij er tijdens zijn eerste lesjaar voor op het matje werd geroepen. Zoals mijn vader hield van de wind, zo leefde mijn moeder voor de zon. Ze wilde elke zomer over haar hele lichaam bruin worden. Als we kampeerden zei ze vaak: 'Pas als mijn voeten *bien cuit* zijn, gaan we naar huis.' Waar een boer uit het gedrag van zwaluwen kan opmaken of er regen in de lucht zit, zo kon ik aan mijn moeders voeten aflezen wanneer we de tent gingen opbreken.

'Kokindje,' roept ze vanuit de keuken, 'vergeet je niet om zo nog even naar de nachtspiegel te gaan?'

Ik ben godbetert een man van tweeënveertig. Wordt het niet eens tijd om me gewoon bij mijn eigen naam te noemen?

Ik denk aan wat Merel heeft gezegd, en laat het over me heen komen.

Half vijf. Het vertrek nadert. Mijn vader test de tijdschakelaars die hij aan de schemerlampen in de woonkamer heeft gekoppeld. Ze staan op scherp.

'Er nu niet meer aan zitten, jongens,' zegt hij vooral tegen zichzelf en hij loopt behoedzaam achteruit.

Op de eettafel legt hij een stilleven klaar om naar binnen glurende inbrekers op een dwaalspoor te zetten: *de Volkskrant* opengeslagen op de puzzelpagina, een paar woorden ingevuld, balpen ernaast, koffiemok. Een slimmigheidje dat hem al jaren een stel rolluiken uitspaart.

In de keuken giet mijn moeder de koffie uit de glazen pot over in een thermoskan.

'Ben je al naar de wc geweest?'

Ik kijk haar op mijn volwassenst aan, maar besluit om toch even te gaan. Zittend op de pot staar ik naar de Marjolein Bastin-verjaardagskalender die daar al veertig jaar met hetzelfde touwtje aan hetzelfde vermoeide spijkertje aan de deur hangt. Achter de helft van de namen staat een kruisje. De feestkalender van mijn ouders is veranderd in een dodenakker. Ik blader naar de maand september. Anna's naam is met tipp-ex weggewerkt. Anna: mijn tipp-ex. Ik denk aan hoe leuk ze dat woordgrapje zou hebben gevonden, slik en trek door.

Vijf over half vijf. Mijn moeder doet de laatste ronde door het huis. Het debielenrondje. Bij het vertrek uit het vakantiehuisje is die taak straks voor mijn vader weggelegd. Mijn moeder wil niets vergeten mee te nemen, mijn vader wil absoluut niks achterlaten.

'Jongens, daar ligt nog een leesbril,' roept ze. 'O nee, wacht.'

Het is haar eigen leesbril.

Ik voel de koelte van de nacht tegen mijn blote benen als ik naar buiten loop. Mijn vader staat tevreden naar de volgeladen auto te kijken.

'Het zit er allemaal weer in, Kokindje. Is je moeder klaar? En heb je zelf nog even een bruin voetje gehaald?'

Alsjeblieft, zeg. Dat verhaal van dat bruine voetje is van méér dan dertig jaar geleden.

Ik antwoord dat mama bijna zover is.

We maken een rondje om zijn nieuwe Renault.

'Blitse bak,' zeg ik om hem te plezieren.

'Niets meer dan een vervoermiddel om van A naar B te komen, jongen. Maar je moeder wilde per se een nieuwe, een met een hoge instap.'

Diezelfde moeder vertelde me in de keuken dat mijn vader een half jaar lang de prijzen van alle occasions in de Benelux met elkaar heeft vergeleken voordat hij tot zijn keuze kwam. En dat hij zijn aanwinst sindsdien elke zondagmiddag staat op te boenen 'alsof het een Arabische toverlamp is waarbij er nog eens een geest uit de uitlaat ontsnapt'. Ik kijk naar hoe hij met de neus van zijn schoen tegen de banden trapt om de spanning te controleren. Vroeger deed hij dat met veel meer overtuiging, nu schopt hij vooral om zelf wat spanning kwijt te raken.

'Ken je die van de muis en de olifant die elkaar voor

het eerst ontmoeten?' zegt hij gniffelend als ik op de achterbank ga zitten.

Je kunt mijn vader midden in de nacht wakker maken voor een mop. En je moet er altijd rekening mee houden dat hij je wekt om jou er een te vertellen.

'Zegt de olifant: tjonge jonge, muis, wat ben jij klein vergeleken met mij. Antwoordt de muis: klopt, maar ik ben ook heel erg ziek geweest.'

Hij kijkt me verwachtingsvol aan.

'Hij is goed, pap.'

Ik installeer me op de achterbank en terwijl mijn vader nog wat laatste losse spullen naar buiten draagt waarmee hij de gaten in zijn bagagemuur dicht, een koker met badmintonshuttles, een paraplu, zie ik de lichten in huis een voor een uitpinken.

Mijn moeder komt de voordeur uit. De koningin heeft het nest verlaten: het teken dat de afreis niet lang meer op zich laat wachten. Ze draagt dezelfde koeltas als dertig jaar geleden. 'Doet het nog prima,' zei ze toen ik de tas in de keuken opmerkte. Onder haar arm heeft ze haar orthopedisch hoofdkussen. Ze kruipt er achterstevoren mee op haar stoel en geeft het me aan.

'Daar kun je zo lekker tegenaan liggen.'

De pose, omgekeerd op haar knieën, maakt mijn moeder jong. Ik zie weer hoe ze in de opening tussen die twee stoelen, dat portaal naar de volwassenheid, kon verschijnen met een spuugzakje. Zo ver is het nu nog niet, al ligt de aanstaande reis zwaar op mijn maag. De afgelopen dagen had ik telkens getwijfeld of mijn ouders me niet te erg op mijn zenuwen zouden gaan werken, maar Merel is ervan overtuigd dat de vakantie me goed gaat doen.

Mijn vader draait de voordeur op slot. Hij loopt naar de auto, bedenkt zich, gaat weer terug en voelt aan de deurknop. Zijn leven staat in het teken van zekerheid. Als we in de Noordzee gingen zwemmen liep hij net voor de branding altijd even terug om zijn portemonnee nog een stukje verder in zijn schoen te duwen.

Hij gaat naast mijn moeder zitten.

'Alles?'

'Alles.'

Thelma en Louise kijken elkaar vastberaden aan.

Mijn vader start de auto.

'Negenhonderdvierenzestig kilometer: *on y va*!'

Hij slaat zijn arm om mijn moeders hoofdsteun en kijkt met een strakke blik over zijn schouder. Een rode gloed kleurt de achterruit. Ik kijk naar zijn pezige arm. In zijn studententijd heeft hij op hoog niveau gewaterpolood. Ik genoot er vroeger altijd van als hij op verjaardagen vertelde dat hij zijn tegenstanders onder water altijd even in hun zaakje kneep. Voelen of het fruit rijp was.

'Dag huisje,' zwaait mijn moeder als we de oprit af rijden. 'Tot over twee weken.'

Twee weken.

Mijn moeder neemt kennelijk nog altijd afscheid van dingen die niet terugzwaaien. Van huizen, slagbomen op de camping, van het bos. Ze werkte tot aan haar pensioen in het laboratorium van het academisch ziekenhuis in Nijmegen. Mijn ouders hadden elkaar in hun studententijd tijdens het zwemmen in die stad ontmoet. Ze bleken voor elkaar te zijn gevallen omdat ze bij het banentrekken allebei hun bril ophielden. Daardoor konden ze tijdens het passeren oogcontact maken. Die brillen zijn nooit meer van hun hoofden verdwenen. Als ze in de woonkamer met elkaar zoenden, klonk het vaak alsof er twee krabben in gevecht waren. Op de speelweide van het zwembad had mijn vader mijn moeder een kokindje aangeboden en vijf jaar later floepte ik als voortzetting van dat veroveringsdropje tussen haar benen vandaan, daar waar nu de koeltas staat.

'Ik lust al wel een broodje, schat,' zegt mijn vader.

'We zijn nog niet eens vertrokken,' antwoordt mijn moeder.

Als we wegrijden trapt mijn vader meteen vol op de rem. Ik krijg de Triviant-doos in mijn nek.

Het licht op de badkamer.

Het was lente in het Rembrandtpark. Anna leunde op de reling van een bruggetje om de eenden en meerkoeten te voeren.

'Ik heb gelezen dat we dit beter niet kunnen doen,' zei ik nadat ze me een korst brood gaf en ik de stukjes in de parkvijver wierp.

'Hoezo niet? Moet je zien hoe lekker ze het vinden!'

Waar ik al die jaren niet verder was gekomen dan Bob, mijn tuttig geklede beer van de Bijenkorf, zorgde Anna van kinds af aan voor dieren met een hartslag. Ze had het traditionele pad bewandeld; eerst een goudvis in een kom, een konijn in een ren, een eigenzinnige kat en uiteindelijk een hond waar als voor een mens voor gezorgd moest worden.

'Als je eenden vetmest dan gaan ze uit verveling de vrouwtjes verkrachten. Stond in *Het Parool*.'

'O, is dat zo, brilsmurf.'

Ze draaide haar billen verleidelijk naar de vijver en legde haar wijsvinger op haar onderlip.

'Laat die kerels maar komen.'

Na het laatste korstje schudde Anna de kruimels uit de zak als een broodregen uit over de waterdieren.

'En nu?' vroeg ze uitnodigend.

Ze kwam voor me staan.

'Nou, nu bijvoorbeeld dit.'

Vol zelfvertrouwen legde ik mijn handen op haar heupen en ik kuste haar zowat de reling over.

Die lentemiddag waren alle wegen van het Rembrandtpark belegd met speeltuintegels. Ik veerde op bij elke stap, elke aanraking. Op de fiets naar haar huis kusten we voor ieder rood stoplicht dat allang weer op groen stond. Die nacht had Anna de klamboe boven haar bed als een witte sluier voor haar gezicht geslagen. 'Dan mag u nu de bruid neuken,' zei ze plechtig.

Viereneenhalf jaar later schreeuwde ze: 'Het is hier godverdomme geen hotel.'

Ze had me in de eerste week van het nieuwe jaar op straat gezet. Een paar uur nadat de kerstboom datzelfde lot had ondergaan. Onze zoveelste huiselijke ruzie was begonnen om die boom, of eigenlijk om het spoor van zand en dennennaalden dat ik in de gang had achtergelaten en niet had opgeruimd.

'Of denk je soms dat de kaboutertjes het doen?'

'Je begint steeds meer op mijn moeder te lijken als je zulke dingen zegt.'

'Is het dan echt zo moeilijk om je rotzooi achter je kont op te ruimen?'

'Hier, nóg zoiets dat mijn moeder zou zeggen.'

'Misschien komt dat omdat je een moederskindje bent.'

Ze zei het op een snibbige, superieure toon die ik nooit eerder van haar had gehoord. Ik werd zo woedend dat ik een kerstbal van tafel pakte en die naar haar hoofd gooide.

Als een muis, zo was de eerste ruzie een jaar ervoor in huis verschenen. En als er één is, dan heb je er meer. Het probleem bleef zich vermenigvuldigen en dook in alle kamers op tot er geen houden meer aan was.

'Ik geloof dat ik op straat ben gezet,' zei ik toen ik die middag met een weekendtas bij Merel op de stoep stond.

We gingen aan haar keukentafel zitten. Haar man Gijs was met de kinderen naar het wintercircus in Carré.

'Tja, een moederskindje...' zuchtte Merel.

'Dat zei ze.'

'Maar ze heeft het al die jaren toch ook best fijn gevonden om voor je te zorgen?'

'Ho eens, zó veel zorgde Anna nou ook weer niet voor me.'

'Schat, toe. Háár huis, háár auto. Ze deed je was, haalde je op na het tennissen, ze betaalde jullie vakanties, redde zowat je leven op l'Alpe d'Huez – en zo kan ik nog wel even doorgaan.'

Merel pakte mijn hand.

'Sorry. Hier zit je nu niet op te wachten. Ik bedoel alleen maar te zeggen: ze koos er toch zelf voor om bij je te zijn? Je onvoorwaardelijke liefde, je humor.'

'We maakten de afgelopen tijd alleen nog maar ruzie.'

'Maar even, je raakte haar toch niet, hè, met die kerstbal?'

De gouden bal was rakelings langs haar hoofd gevlogen en sloeg kapot tegen het raam van de woonkamer.

We stonden een tijdlang zwijgend tegenover elkaar, waarna Anna de slaapkamer in liep, een weekendtas vulde en die tegen mijn lijf drukte.

'Ik weet ook niet waarom ik dat ding gooide.'

'Je hebt gewoon nooit van je ouders geleerd wat ruziemaken is.'

Merel was de enige van mijn vrienden met wie ik over Anna kon praten. De enige die ik niet via haar kende. De vrienden van Anna waren in de loop der jaren ook mijn vrienden geworden, maar na de breuk hadden ze me meteen uit hun team gezet en het clubshirtje ingenomen.

'Je blijft voorlopig bij ons logeren,' zei Merel. 'De meiden vinden het alleen maar gezellig om bij elkaar op de kamer te slapen.'

In de daaropvolgende weken fietste ik elke dag even door onze straat. Soms dacht ik eraan hoe het zou zijn om 's nachts naast Anna te kruipen en me van de domme te houden. Mijn arm om haar heenslaan. Hoezo uit, doe niet zo mal. Kom, we gaan slapen. Praten we morgen verder.

Na een lange avond in de kroeg had ik mijn fiets aan de overkant van ons huis gezet en een goed moment afgewacht. Mijn voordeursleutel paste nog. Ik rook Anna in de gang. Een vertrouwde geur die ik al jaren niet meer opmerkte als ik naast haar op de bank zat, maar die ineens zo sterk aanwezig was dat-ie uit een flesje leek te komen. Op het tikken van de gasmeter in de bezemkast na was het stil. Ik verzon een list voor als ze zou opduiken. Dat ik alleen even mijn post kwam ophalen. Haar daarmee niet wilde lastigvallen. 'Je stinkt naar drank,' zou ze allicht zeggen. Maar misschien had ze me alleen zwijgend een stapeltje post gegeven en was ze weer teruggegaan naar bed. De kapstok op de gang was uitgedund. Mijn jassen waren weg. Ik scande de rij schoenen bij de verwarming en voelde een mes in mijn maag bij het idee dat er een vreemd herenpaar tussen zou staan. Ik zag haar gympies, haar laarzen, hardloopschoenen, roze pumps, haar hockeystick. Misselijk van schaamte draaide ik weer om.

In de weken erna begon ik Anna te schrijven. Op de laatste brief kwam een kort antwoord van haar zus met de mededeling dat alle volgende enveloppen ongeopend in de prullenbak zouden verdwijnen. En dat de slotenmaker langs was geweest. Als ik het in mijn hoofd haalde om nog één keer 's nachts in Anna's gang te staan, dan zou ze mijn ouders of desnoods de politie bellen.

'Respecteer dat mijn zus verder wil met haar leven,' zo sloot ze de brief af.

Een week later had ze drie tassen bij Merel afgeleverd, vol met kleren, mijn Zweedse kaasschaaf, *onze* vakantiepercolator. Mijn uitzet. Ik ging opnieuw op kamers.

Gijs had wat rondgebeld en een tijdelijke verdieping aan de rand van Diemen voor me weten te regelen. Een plek met uitzicht op een kleurloos industrieterrein waar het donker vrij spel had om me te besluipen. Ik meldde me ziek op mijn werk aan de faculteit, begon steeds vroeger op de dag te drinken en deed uiteindelijk de gordijnen niet meer open. Ik hoorde op televisie wat voor weer het buiten was en sleepte me na het laatste blikje bier als een dweil over de vloer naar mijn slaapkamer. Anna gaat verder met haar leven. Het dreunde elke ochtend bij het wakker worden door mijn hoofd.

Merel kwam om de zoveel dagen wat boodschappen brengen.

'Je kan hier niet voor eeuwig tussen de pizzadozen liggen wegkwijnen,' zei ze op een avond toen ik na het opendoen vlug weer onder een deken op de bank kroop.

Ze legde een washand op mijn voorhoofd en kwam naast me zitten.

'Het is goddomme net alsof ik die zieke pianist in Warschau aan het einde van de oorlog kom verzorgen.'

'Pianist?'

'Uit die film.'

'Welke film?'

'De Pianist.'

Ik grinnikte.

'Je kan gelukkig nog lachen.'

Merel had zich in de introductieweek van mijn studie over me ontfermd toen ze me tijdens een feest in een hoekje voor me uit had zien staren. Waar alle eerstejaars op de dansvloer onder de sterrenhemel van de discobol waren bevrijd van alle ouderlijke dwang, likte ik de wond van mijn doorgesneden navelstreng.

Ze begon de pizzadozen op te stapelen.

'Dit kan zo niet doorgaan.'

'Ik red me wel.'

'Heb jij jezelf ooit gered?'

Ik stond op van de bank met mijn deken om en bracht wat lege bierblikjes naar de keuken.

'Weten je ouders eigenlijk dat je met een zorgelijk

vitaminetekort ligt te verpieteren in een schurftige flat in Diemen?'

'Die denken dat ik nog bij jou en Gijs slaap.'

Mijn ouders waren ervan op de hoogte dat het uit was met Anna omdat ze resoluut een spelletje Wordfeud met mijn vader had afgebroken.

'Voor je gezondheid lijkt het me verstandig als je een paar dagen naar ze toe gaat,' zei Merel toen ze met de stapel dozen naar buiten liep.

'Ik red me, echt.'

We rijden door het in de nacht gehulde dorp. Mijn hoofd is weggezakt in het traagschuim van mijn moeders orthopedisch kussen. Het silhouet van peuterspeelzaal Nijntje, de hoek om bij snackbar De Smulcorner, het pompstation (kikkertje vijf cent, trekdrop tien), de oefenmuur op het tennispark, de sloot achter baan 12.

Het hypnotiserende geluid van het knipperlicht neemt de stilte in de auto over als we de provinciale weg op draaien. Die kaarsrechte streep kan ik dromen. Het is nog altijd een slecht verlichte weg met tralies van platanen erlangs.

Mijn vader wijst op een houten kruis in de berm. Bloemen eromheen.

'Jeroen Hendriks, daar ging je vroeger weleens spelen.'

We zijn een paar kilometer onderweg als vanuit het plattelandsdonker de paal van bowlingcentrum Strike opdoemt. Op die plek runde oom Piet, de broer van mijn moeder, jarenlang wegrestaurant De Hemel dat hij samen met tante Marjo had omgebouwd tot een seksclub waar voornamelijk truckers en aspergestekers kwamen. Boven op de paal, waar met neonletters CLUB PARADISE had gestaan, pronkt nu een lichtgevende bowlingkegel. De verhouding van mijn ouders met oom Piet en tante Marjo had sinds dat bordeel onder hoogspanning gestaan. Avond aan avond hoorde ik boven aan de trap, mijn afluisterplek waar ik flarden van het leven van mijn ouders meekreeg, hoe ze zich voor het hele dorp schaamden. Mijn moeder verafschuwde Marjo. De spanning was inmiddels minder geladen, maar als het ooit oorlog is geweest, is de vrede niet meer vanzelfsprekend, had ik mijn vader eens horen zeggen. Na de verkoop van de seksclub hadden Piet en Marjo een camper gekocht, waarmee ze al een jaar of tien door Europa trokken.

Via Maastricht rijden we de grens over. Ik hou van jongs af aan van het ruimtereizen door de nacht. Van het eindeloze suizen en de stilte in de auto, de lichtjes op het dashboard. Een wegomlegging leidt ons net als vroeger dwars door het centrum van Luik, een stad die op dit uur vooral uit water en stenen bestaat. Met sombere grauwe huizen, de traag spoelende Maas in het maanlicht. Tunnel in, tunnel uit. Aan de wanden van de viaducten hangen afgebladderde aanplakbiljetten met lokale politici en voorbije concerten van Patricia Kaas. Het suizen heeft zich vastgebeten in mijn oren en terwijl ik wegdommel klinkt ineens de klare stem van mijn moeder: of mijn vader niet toevallig al zin heeft in een kopje koffie.

'Dank je schat, eerst Luik voorbij.'

Ik wist dat hij dat ging zeggen. Zoals ik eigenlijk altijd weet wat mijn ouders tegen elkaar gaan zeggen. Elke zomervakantie was het verlangen naar koffie de wortel aan de hengel die mijn vader door Luik moest loodsen. Hij had een pesthekel aan die stad. Een stinkende rioolpijp waardoor hij als Andy Dufresne in *Shawshank Redemption* in het diepst van de nacht zijn vrijheid tegemoet moest kruipen.

Het ochtendlicht en het opdoemen van de bosrijke Ardennerheuvels, de onweerstaanbare schoonheid van de Maasvallei, hebben mijn vader verlossing gebracht. Mijn moeder heeft de thermoskan tussen haar dijen geklemd en geeft de dop een zwier. De drinkbeker tolt omhoog over de ribbels: de vakantie kan beginnen. Een gemoedelijke koffiegeur vult de auto. Ze wacht op een rustig stuk weg waar mijn vader zonder opzij te kijken zijn rechterhand uitsteekt en de beker van haar overneemt.

Hoewel ik ook best zin heb in koffie, komt het niet in mijn moeder op mij iets aan te bieden. De koffie heeft de voorste stoelen in de afgelopen tweeënveertig jaar nooit verlaten. Ik schik me in mijn rol en val als een nestpuppy op mijn moeders kussen in slaap.

'Ik denk niet dat we met deze tank Luxemburg halen.'

'Mag ik al een lolly?'

'Bij het raam rechts kun je hem zien, Kokindje.'
'Is dat hem daar?'
'Nee, dat is een bouwkraan.'
'Hoe hoog is-ie, papa?'
'Minstens driehonderd meter.'

'Lyon gaat er zo af, dan wordt het wat rustiger.'

'Gaan we boven de weg eten, mama?'

'Je vader moet zich even concentreren, lieverd.'

Geel, rood, wit. De speelse kleuren van een Shell-pomp. Ik wrijf in mijn ogen en schiet een snotje weg.

Geklop op het raam. Mijn moeder opent het portier. Ik ruik de Sans Plomb 95, een voortreffelijk jaar.

'Zeg, schone slaper, heb je nooit van je moeder geleerd dat je niet in je neus mag peuteren?'

Ze vraagt of ik meeloop naar de wc's.

'Nemen jullie muntgeld mee,' roept mijn vader met de tankhendel in zijn hand.

'Niet nodig,' antwoordt mijn moeder boven het geraas van de snelweg uit, 'is gratis in Frankrijk!'

Ik pak voor de zekerheid mijn portemonnee uit mijn rugtas. Mijn vader ziet het. Hij knikt tevreden, ik meen zelfs trots.

'Weet je nog,' zegt mijn moeder als we in het felverlichte tankstation door een arcade vol koffieautomaten richting de wc's lopen.

'Ja tuurlijk weet ik dat nog.'

'God, en die arme man maar wrikken en trekken.'

Op mijn elfde zat ik met mijn voet klem in het gat van een Franse hurk-wc. Een medewerker van Total heeft me met motorolie moeten bevrijden. 'Ons Kokindje gaat een bruin voetje halen,' plaagden mijn ouders me jarenlang als ik in hun bijzijn naar de wc moest.

'Vijftig cent,' zegt mijn moeder als we op een metalen draaikruis stuiten, 'ik zei het hem nog.'

Ik druk een euro in haar hand.

'Geen snoepjes van het wisselgeld kopen,' zeg ik, maar ze is al op weg naar de dames.

Parijs staat op de borden. Een onvoorstelbaar aantal kilometers. Mijn vader herhaalt om het kwartier dat we keurig op schema liggen en dat mijn moeder en ik ons absoluut geen zorgen hoeven te maken. Parijs rond lunchtijd gaan we halen. Gaan we zeker halen. Komt helemaal goed. Veel ruimte om tijd te winnen is er niet.

Waar mijn vader vroeger zijn mannetje stond op de linkerbaan, voelt hij zich nu het veiligst tussen de vrachtwagens en tourbussen.

'Goed, jongens. Ik zie ik zie wat jullie niet zien en het is...'

'Daar vind ik het nog wat vroeg voor, mam.'

Of eigenlijk jaren te laat.

'En het is... róód!'

De trekhaakdop van de auto voor ons. Mijn vader heeft het geraden. Nu is hij aan de beurt.

'Kijk toch eens wat een leuk jong stel,' zegt mijn moeder als we tergend langzaam de lichtblauwe Kever inhalen die mijn vader voor het raadspelletje in zijn hoofd had.

Ik probeer niet te kijken.

'Dat zie je niet vaak meer, zo'n leren koffer achterop. Weet je nog, schat?'

Mijn ouders halen herinneringen op aan hun eerste auto, aan een zomervakantie rijdend over dromerige, uitgehouwen kustwegen met panoramische uitzichten over de Middellandse Zee.

In de verte doemt de eerste péage op. De opeenvolging van waarschuwingsborden, groene lampjes en rode kruizen zet aan tot lichte paniek.

'Ticket of betalen?' vraagt mijn moeder terwijl ze haar hand al in haar tas heeft om de creditcard tevoorschijn te halen.

Mijn ouders willen geen flater slaan met gehannes bij de slagboom waardoor ze de boel ophouden.

'Jongens, kom op, is het ticket of betalen?'

'Ticket, daar staat het,' zegt mijn vader als de snelweg een oneindige breedte heeft aangenomen.

Mijn moeder speurt de rijen af.

'Helemaal links is sneller. Of nee, wacht, daar rechts van het midden.'

De Renault stuitert van vakje naar vakje om uiteindelijk ergens aan te sluiten.

Zo zullen ze straks in de Intermarché ook weer uren de tijd nemen om alle gangpaden af te lopen, maar bij de kassa's is er ineens haast in het spel en moet de kortste rij worden opgezocht.

Als we de slagboom naderen, opent mijn vader per ongeluk het elektrische raam achterin. Een broeierige wind blaast naar binnen.

'Sorry, verkeerde knopje. Altijd even wennen zo'n nieuwe auto.'

Mijn moeder kijkt zoekend om zich heen.

'Waar komt die muziek vandaan?'

Het jonge stel in de Kever schuift uitbundig meezingend op in de rij naast ons.

'Nou, twaalf uur Parijs kunnen we op onze buik schrijven,' zucht mijn vader.

We staan muurvast bij Cambrai. De verkeersradio maakt melding van een ernstig ongeval waardoor het nog wel een tijdje kan gaan duren. Mijn moeder haalt de droppot onder haar stoel vandaan. Ze wikkelt het papiertje van een zuurtje dat ze vervolgens in mijn vaders mond stopt. Een aantal automobilisten is uitgestapt en hangt wat rond bij de vangrail. Ook mijn moeder wil haar benen strekken.

'Loop jij maar even met je moeder mee.'

Als ik uitstap hoor ik mijn vader het zuurtje doormidden bijten.

De zon brandt in mijn nek. Ik snuif de teerwalm op die opstijgt van het asfalt. Aan de andere kant van de weg razen auto's met een rotvaart naar het noorden. Terug naar huis, terug naar Amsterdam.

Ik ga op de vangrail zitten. De bovenrand drukt onaangenaam in mijn billen. Mijn moeder begint aan wat lichaamsbeweging op de vluchtstrook. Rekoefeningen uit een ver jazzballetverleden.

In de jaren tachtig ging ze elke woensdagavond in een legging en flitsend blauwe beenwarmers van huis. Op die avonden aten we macaroni met gesmolten kaas en maggi, naast pannenkoeken de enige maaltijd die mijn vader kon bereiden. In zijn studententijd at hij het viermaal per week, tot hij mijn moeder tegen het lijf zwom.

'Vertel me nou toch eens, Kokindje,' zegt ze terwijl ze haar handen in haar zij zet en met haar heupen begint te draaien, 'hoe kan het toch allemaal zo fout zijn gelopen tussen jou en Anna?'

Mijn moeder heeft een zesde zintuig voor het juiste moment aanvoelen waarop ze me iets kan ontfutselen over mijn leven. Meestal grijpt ze op familiefeesten haar kans, als ik klemzit aan tafel en er alcohol in het spel is.

'Hadden jij en papa vroeger weleens ruzie?'

'Ruzie? Je vader en ik?'

'Ja?'

'O, vast wel.'

Ze buigt voorover om het wegdek aan te raken maar ze komt algauw met een gepijnigd gezicht omhoog.

'Daar heb ik bij jullie anders nooit iets van gemerkt.'

'Ik kan je vader heus weleens achter het behang plakken, hoor. Hebben Anna en jij erge ruzie gehad?'

Ze buigt nogmaals voorover, nu iets voorzichtiger.

'Ze-boog-zover-voorover-dat-ik-bang-was-dat-ze-brak,' zing ik zachtjes een liedje van Herman van Veen.

'Hè, wat?'

'Je moet je benen verder uit elkaar zetten, dan gaat het makkelijker.'

Ze gaat wijdbeens staan en strekt haar vingers naar de vluchtstrook.

'Anna vond me een moederskindje.'

'Een moederskind,' zucht mijn moeder met haar hoofd ondersteboven. 'Zo, zo.'

Ze komt overeind met wangen zo rood als de Renault, waarin mijn vader met zijn polsen over het stuur voor zich uit staart. Ik ken hem goed genoeg om te weten dat hij nadenkt over hoe het leven eruit had kunnen zien als we vanochtend het badkamerlicht niet waren vergeten.

'En wat verstaat Anna daar dan onder, een moederskind?'

'Dat ze klaar was met voor me te zorgen.'

Eigenlijk zei Anna: je bent een leven lang door je moeder vertroeteld en ik kan niet langer met die schade leven.

'Zoiets zei ze al tegen ons, dat ze daar helemaal klaar mee was.'

'Hoe bedoel je "zei ze al"?'

'Anna stuurde je vader een aardig bericht, een paar maanden geleden, dat ze zich bij ons altijd thuis had gevoeld. Toen heeft hij haar even gebeld.'

Mijn moeder haalt een hand over haar voorhoofd.

'Godallemachtig, Kokindje. Ik verlang naar een duik in het zwembad. Heb je trouwens nog zo'n slip meegenomen of moeten we er een voor je kopen?'

De seniorengym op de E19 zit er weer op en ze gaat naast me zitten.

'Zo, hèhè.'

Mijn moeders vaste uitdrukking als ze ergens plaatsneemt, alsof ze met die woorden een zacht kussentje neerlegt.

We staren naar de file. Kinderen die verveeld tegen de ramen plakken. Twee rokende vrouwen leunend op een motorkap. Een man laat zijn herdershond uit.

'Zei Anna verder nog iets?'

'Nee, niets bijzonders. Dat die esdoorn van jullie buren eindelijk weg is.'

Aan de overkant zoeven twee ambulances met sirene voorbij.

'O, en dat jij eerst maar eens voor een konijn moest leren zorgen.'

Een konijn. Typisch Anna.

Mijn moeder komt overeind en zegt dat ze moet plassen.

'Tegenwoordig moet ik er drie keer per nacht uit, maar je vader is eraan gewend geraakt.'

Ik help haar het talud op. Aan de andere kant van de heuvel wuift een bries over de toppen van een eindeloos graanveld.

Mijn moeder laat haar broek zakken en ik wend mijn hoofd af.

'Het komt wel goed, schat. Jullie vinden allebei vast wel weer iemand leuks!'

Ik knijp mijn ogen dicht bij de gedachte aan Anna met een andere man, tot er achter het talud plots paniekerig wordt getoeterd vanuit de Renault omdat de file in beweging is gekomen.

'Met of zonder kluit,' vroeg de kerstboomverkoper in de Linnaeusstraat.

'Doe maar eentje met kluit,' zei ik, waarop de vraagprijs met acht euro steeg en ik ineens begreep waar het begrip de kluit belazeren vandaan kwam.

Anna moest daarom lachen toen ik met de kerstboom over mijn schouder in de gang stond.

'Kijk hem daar eens staan. Vers uit het woud getrokken. Mijn stoere Noor!'

Het was onze eerste kerst samen. Die zomer had ze me in een zwembad in Spanje gevraagd of ik bij haar kwam wonen. Met het binnendragen van de kerstboom voelde ik me voor het eerst in mijn leven een man. Zo'n huisvader uit een Unox-reclame die in zijn schipperstrui met een stapel houtblokken de achterdeur binnenstapt, de sneeuw van zich afklopt, zijn vrouw in de keuken een kus geeft en met het grut op het kleed voor de kachel paardjerijdt. Alles viel ineens op zijn plek. In de jaren daarvóór had ik geprobeerd om dat andere rolmodel uit de televisiereclames te worden: de man die thuiskomt van zijn werk, met een beugelfles in het raamkozijn gaat zitten en zijn wijsvinger zelfverzekerd naar de overbuurvrouw uitsteekt. Maar als ik thuiskwam op mijn rommelige etage, belde ik meteen mijn moeder om de dag door te nemen.

Ik installeerde de kerstboom in een hoek van onze woonkamer.

'Was dit nou echt de mooiste die je kon krijgen?' plaagde Anna.

'Dat zeggen mijn collega's ook altijd over jou.'

Ze stak de piek naar me uit en zei grijnzend dat ik alvast naar de spoedeisende hulp kon gaan rennen.

Merel had me van mijn bank in Diemen op de divan van een bevriende psycholoog weten te krijgen. Haar praktijk zat op driehoog aan de Amstel, met uitzicht op de sluizen beneden. Merel zette me als een schoolkind af.

'Ik stuur je een bericht in welke kroeg ik zit, dan kom je daar straks naartoe.'

Het was mijn allereerste keer therapie en ik nam de ruimte goed in me op. Ik had eens gelezen dat over alles in zulke kamers was nagedacht. De plaatsing van de bank ten opzichte van de stoel waarin de therapeut zat, de positionering van de klok aan de muur, de doos Kleenex op het salontafeltje waar een tissue voor het grijpen uit omhoogstak en de pinautomaat die nadrukkelijk in mijn zichtlijn stond. Ik herinnerde me een mop van mijn vader over een psychiater die zijn schizofrene patiënt had genezen door hem na afloop twee rekeningen te sturen.

De therapeut heette Silke. Ze leek me ergens in de vijftig en ze sprak met een licht Duits accent. Ik begon te vertellen. Over Diemen, over hoe ik aan mezelf overgeleverd de dagen in mijn woonkamer in elkaar zag overvloeien. Over Anna, die verder ging met haar leven.

'En je ouders?' vroeg Silke. 'Neem me eens kort mee naar je jeugd.'

Mijn ouders waren er altijd voor me. Ze brachten me overal naartoe en haalden me altijd op de afgesproken tijd weer op. Tennis, schaken, judo. Elke zomer naar Frankrijk en in het voorjaar op wintersport. Ze betaalden mijn studie, mijn kamerhuur, mijn verzekeringen. Soms maakten ze stiekem geld naar me over voor een vakantie met Anna om haar 'eens lekker op een etentje te trakteren'. Mijn vader deed nog altijd mijn belastingaangifte, mijn moeder mijn vuile was als ik een weekend naar huis kwam. Silke noteerde alles wat ik aandroeg met een achteloosheid alsof ze met haar hoofd nog bij een vorige cliënt was. Ik voelde me misplaatst in die kamer waar dagelijks mensen met echte problemen over de vloer kwamen. Mensen met een óngelukkige jeugd. Die snotterend de ene na de andere tissue uit het doosje omhoogtrokken. Mijn vader had geen losse handjes of een oorlogstrauma. Mijn ouders waren niet vroeg gestorven. Ik had geen groot verhaal over mijn leven.

'Misschien ben ik gewoon alleen maar een moederskindje dat niet op eigen benen kan staan.'

'O,' antwoordde Silke, 'maar die zijn hier juist aan het goede adres.'

Een uur later liep ik een café aan de Amstel binnen. Merel zat aan de toog. Ze maakte een praatje met de barman. Merel kon met iedereen kletsen.

'Nou, er is geen redden meer aan hoor,' zei ik.

Ze lachte liefdevol.

'Was het zo erg?'

'Volgens je vriendin kom ik uit een goed functionerend gezin.'

'O nee, wat moet er dan in 's hémelsnaam van een mens terechtkomen!'

Ik ging op een kruk naast haar zitten en legde mijn armen op de toog.

'Kom, niet meteen zo terneergeslagen.'

'Er moet anders nog heel wat water door de Amstel stromen wil ik hier iets aan hebben.'

'Laat je nou niet ontmoedigen. Silke is ervaren. Het is een begin.'

'Het begin van het einde, zal je bedoelen. Ik heb een half uur over mijn ouders zitten lullen, ingewikkelde Duitse citaten over aangeleerde hulpeloosheid moeten aanhoren en daarna kon ik 120 euro aftikken.'

'Dat kun je toch gewoon terugkrijgen van de verzekering?'

'Geen idee, dat moet ik aan mijn vader vragen.'

'Gottegot, die arme ouders van je hebben geen idéé wat ze je hebben aangedaan. Heb je trouwens nog over die vakantie met ze nagedacht?'

'Ik weet het niet, hoor.'

'Laat je maar lekker door ons in de watten leggen,' had mijn moeder gezegd waarna mijn vader riep dat ik zelf nauwelijks centen had om er even tussenuit te gaan.

Sinds ze de speakertoets hebben ontdekt is het steevast twee voor de prijs van één.

Merel zette een serieus gezicht op.

'Ik heb er nog eens over nagedacht en ik vind het helemaal geen slecht idee dat je weer bij ze op de achterbank gaat zitten.'

'Dat méén je?'

'Ik denk dat een vakantie met je ouders voor jou heel louterend kan werken.'

'Hoe dan?'

'Soms moet je eerst ergens terug naartoe om te begrijpen waarom je er weg moet gaan.'

'Zeg, begin jij nu ook al de therapeut uit te hangen?'

Ze sloeg een arm om me heen.

'Ga gezellig met die twee naar het zwembad, kerkje, kasteeltje, lekker uit eten. *Passer le temps*!'

'Hè, wat?'

'Zo zeggen de Fransen het: gewoon alles over je heen laten komen.'

Frankrijk

Het zwembad

We staan bij de kassa van de *piscine municipale*. Mijn moeder draagt een strandtas waaruit een stokbrood steekt, mijn vader de koelbox. Hij geeft me zijn pinpas.

'2783,' fluistert hij.

'*Deux adultes, un enfant*,' verspreek ik me.

Ik loop achter mijn ouders aan de zwemweide op. We passeren een blonde vrouw op een roze badhanddoek. Ze smeert haar lange benen in.

'Je hoeft niet bij ons te zitten, hoor, als je dat niet wilt,' zegt mijn moeder.

Ik voel me onzeker in mijn verplichte strakke zwemslip. Die lag vanochtend nog tussen de madeleines en de cornichons op de lopende band van de Carrefour.

De keuze valt op een schaduwplek onder een boom midden op de zonnige weide.

'Heerlijk, dat windje erbij,' zeggen mijn ouders instemmend tegen elkaar nadat we de handdoeken hebben uitgeslagen, 'maar wel jammer van de mieren.'

We eten stokbrood met Nutella, aardbeienjam en emmentaler, hoewel mijn vader eerst nog een geplet reisbroodje wegwerkt. 'Dat heeft je moeder niet voor Piet Snot gesmeerd.'

Op gezette tijden lopen ze samen naar het zwembad, waar mijn vader met zijn bril op een paar baantjes trekt en mijn moeder met haar bril op via het trapje haar lijf telkens als een theezakje onderdompelt.

Ik sla mijn meegebrachte boek open, en weer dicht. Het wit van het papier wordt het wit van de zon. Ik kan me niet concentreren en voel me onwennig in mijn rol, in welke mal ik hier en nu moet passen, maar mijn ouders hebben de draad van vroeger probleemloos opgepakt. Mijn vader ontfermt zich tussen het baden door over zijn kruiswoordraadsel en roept zo nu en dan onze hulp in. Hij draagt het vaalgele zomerhoedje dat hij dertig jaar geleden bij het passeren van de Tourkaravaan heeft gevangen. Onder dat hoedje ligt mijn toekomst verankerd; een kaal dek met alleen aan bakboord en stuurboord nog wat grijze plukken.

'Hit van Linda, Roos en Jessica.'

'Ademnood,' zegt mijn moeder zonder op te kijken van haar boek.

'Ademloos?'

'Ja, ademnood.'

'Nee, ademloos past niet.'

'O, gek.'

Alles over je heen laten komen.

Ik pak mijn telefoon uit mijn tas en stuur Merel een berichtje. Dat ze dit heeft aangemoedigd. In afwachting van een antwoord dwaalt mijn blik af naar het zwembadgebouw. Een jonge man komt de ligweide opgelopen. Zonnebril, rugzak nonchalant over zijn schouder, golvend zwart haar. Hij draagt een zwemslip die hem als gegoten zit. De vrouw op de roze badhanddoek komt overeind en plukt haar bikinibroekje uit haar bilspleet. Een kus op de mond, een kleffe omhelzing. Hij trekt zijn handdoek uit de rugzak en werpt die met de sierlijkheid van een toreador naast haar uit.

Probeer ervan te genieten! En trouwens, hebben jouw ouders elkaar niet ook in een zwembad ontmoet? Ogen openhouden dus. De Française van je dromen ligt daar vast op je te wachten! X

'Wie lust er allemaal een ijsje?' vraagt mijn moeder alsof we met z'n zevenen zijn.

Mijn vader blijft zitten. Hij wil een cornetto en anders niets. Ik ga mee om het aanbod te bekijken. We trippelen over de hete zwembadtegels naar een snackhuisje bij het pierenbadje. Onder een rode OLA-parasol staat de ijskaart. De helft van de mogelijkheden is doorgestreept. Het lekkerste is reeds vergeven.

Net als in mijn leven.

Als we teruglopen is de blonde vrouw tussen de benen van de man gaan zitten. Haar handen omsluiten zijn knieën. Hij fluistert iets in haar oor als we passeren. Ze lacht met haar hele gezicht. Hij kust haar nek, ze draait haar hoofd genietend weg. Ik denk aan hoe Anna tussen de benen zit van de nieuwe man in haar leven, onder de klamboe op haar bed – óns bed – en dat hij haar influistert dat hij minstens drie kinderen met haar wil. Daarna hebben ze samen de slappe lach bij het beeld van haar ex die een konijn uitzoekt in de dierenwinkel.

'Nóód,' zegt mijn vader triomfantelijk als we aan komen lopen, 'niet ademloos maar nóód.'

Mijn ouders delen een cornetto aardbei. Ik eet een Twister. Het ijs smelt sneller dan ik likken kan.

'Je knoeit op je nieuwe zwembroek, Kokindje,' zegt mijn moeder. 'Dat moet je meteen even gaan schoonspoelen anders kruipen de mieren erin.'

Als ik opsta mompelt mijn vader: 'Jongens, wat een heerlijk windje.'

Ik neem de trap naar de duikplank en stort mezelf de afgrond in.

Het kerkje

We wandelen over de zonnige parkeerplaats van het zwembad terug naar de auto.

'Kijk hem daar toch eens staan blinken,' zegt mijn vader.

Ook mijn moeder heeft goede zin. Ze bonjourt naar iedereen die ons tegemoetloopt.

'Nou, Kokindje, is me dit een begin van de vakantie of is me dit een begin van de vakantie.'

Merel had natuurlijk gewoon gelijk. Ik ben na een half jaar achter de gordijnen eindelijk de deur uit, dus ik moet proberen te genieten.

'Ik ben blij dat ik met jullie mee mag, mam, en ik denk dat we samen ook...'

'Verdulleme.'

Mijn vader heeft zijn douchegel laten staan en loopt terug. Bij de kassa probeert hij het woord shampoo uit te beelden door krasbewegingen boven zijn hoofd en oren te maken.

'Weet je nog toen papa de haringen was vergeten?' zegt mijn moeder terwijl we hem het zwembadgebouw weer naar binnen zien gaan.

Op een camping in de Dordogne at mijn vader een

denkbeeldige Hollandse Nieuwe om de campinghouder duidelijk te maken dat we zonder tentharingen zaten. Op verjaardagen werd die anekdote minstens zo vaak aangehaald als mijn bruine voetje.

Hij keert terug met zijn douchegel en zegt trots dat hij in zijn beste Frans voor morgenmiddag de tennisbaan naast het zwembad heeft weten te reserveren.

'Zal ik rijden, pap?'

'Laat je maar lekker vervoeren,' zegt mijn moeder. 'Jij hoeft even helemaal niks.'

Onderweg naar ons huisje stoppen we bij een fruitkraam net buiten het dorp. Ik kijk vanuit de auto toe hoe mijn moeder kalm en bedachtzaam in alle nectarines knijpt. De andere helft van de Keuringsdienst van Waren drukt zijn neus tegen de Cavaillon-meloenen om vast te stellen welke de rijpste is.

Het vakantiehuis waar we gisteravond zijn aangekomen staat een paar kilometer buiten het dorp. De zanderige oprit, met een strook onkruid in het midden van het karrenspoor, leidt naar een gemoedelijke boerenwoning met een lap grond eromheen. De achtertuin grenst aan een klein dennenbos. Op het ongemaaide grasveld staan twee oude notenbomen waartussen een waslijn met gekleurde knijpers is gespannen. Langs de randen van het terras aan de voorzijde bloeien vlinderstruiken en witte oleanders in grote terracottapotten. De luiken voor de ramen hangen losjes in de scharnieren, een blauweregen overwoekert de dakgoot.

'Zo hoort een Frans huisje te zijn,' constateerde mijn moeder tevreden toen we vanochtend de tuin verkenden.

We bereiden een lunch voor op het terras. Mijn moeder heeft me eropuit gestuurd om een parasol te zoeken. Achter in de tuin staat een vervallen schuurtje met mos op het dak. Ik schraap de deur over de korrelige grond open. Er hangt een dodemuizenlucht. Met karateslagen werk ik me door de spinnenwebben heen. Tussen wat emmers, lege jerrycans en een racefiets met slappe banden, vind ik een parasol.

'Perrier!' roept mijn vader lachend als ik het vaalgroene doek uitklap. 'Veel Franser kan het niet.'

Mijn moeder heeft een geruit tafelkleedje gevonden.

'Ik mis alleen nog een zonnig zomerhitje van Georges Brassens,' zegt ze als ze handenwrijvend gaat zitten.

'Hoe ging dat liedje over de Auvergne ook alweer, schat?'

O god nee.

Mijn moeder begint te zingen.

'ELLE EST À TOI, CETTE CHANSON
TOI L'AUVERGNAT QUI, SANS FAÇON'

Mijn vader beweegt zijn schouders ritmisch op en neer en tokkelt op zijn luchtgitaar.

'M'A DONNÉ QUATRE BOUTS DE BOIS
QUAND DANS MA VIE IL FAISAIT FROID
TOI QUI M'A...'

'Oké, oké, Gert en Hermien, zo is het wel weer genoeg.'

'Het gaat over een man die zijn goede vriend houtblokken en vuur heeft gegeven toen het koud was in het leven,' legt mijn moeder uit.

'Dat klinkt niet als een zonnig zomerhitje.'

'Nee, niet echt.'

Mijn vader opent een fles rosé en mijn moeder snijdt verder neuriënd de meloen aan. De zoete geur komt me als een meisjesparfum tegemoet. Ze steekt mijn vader alvast een stukje toe op de punt van haar mes.

'Wat een verwennerij, schat. Je proeft de Franse Rivièra.'

'En jij hebt weer eens de beste vrucht uitgekozen, lieverd.'

We lepelen alle drie op precies dezelfde manier de zaadlijsten eruit, verdelen het geheel in stukjes en snijden de blokjes los.

Families herken je als eerste aan hun eetgewoontes, zei Anna eens nadat ze ons alle drie tijdens het ontbijt suiker op onze eitjes had zien doen.

De meloen smaakt inderdaad voortreffelijk. Mijn vader legt uit dat het met meloenen net is als met aandelen. Dat er eigenlijk maar één juist moment is om toe te slaan voor het sappigste rendement.

'Rendement, dat klinkt als een hardloopwedstrijd voor bejaarden, pap.'

Mijn moeder trekt een moeilijk gezicht.

'Kokindje kan altijd nog in de cryptogrammenfabriek aan de slag,' zegt mijn vader. 'O, trouwens, van de ene lesbische relatie in de andere lesbische relatie springen. Negen letters, tweede een e.'

'We zijn nu even aan het eten, schat.'

Tijdens de lunch besluiten we om een kerk in een naburig dorpje te bezoeken. Het timpaan komt uit de twaalfde eeuw, leest mijn moeder voor uit de informatiemap van de huiseigenaar met tips over de omgeving.

'Moet jij eens zien wat die ouweheer van jou nog kan,' zegt mijn vader ineens.

Hij focust zich op een vlieg die op het tafelkleed is geland.

'Geen paniek, geen paniek,' roept mijn moeder nadat zijn vanghand mijn glas rosé heeft omgekegeld.

'Je bent niet meer de snelste, pap.'

Hij knipoogt naar me.

'Ik vond dat jij genoeg had gedronken.'

Mijn moeder komt met een doekje uit de keuken.

'Jongens, help me eraan te herinneren dat we zo'n ding voor de vliegen in huis kopen.'

'Wat voor ding?'

'Je moeder bedoelt zo'n gele plaksliert.'

'Precies, zo'n glazige, hoe noemen ze die vieze dingen eigenlijk?'

'Plakslierten, dat zegt papa net.'

'Nee, die hebben volgens mij een speciale naam.'

'Zoek het anders even op, schat,' zegt mijn vader.

'Ik moet het internet nog op mijn iPad installeren.'

Het internet.

'Kom, jongen, help jij je moeder eens even.'

In de schemerige woonkamer, een ruimte met een laag balkenplafond, een muffe bank, een tv en een stenen vuurplaats, zorgen de dikke natuurstenen muren voor verkoeling. Op de vloer liggen vaalrode plavuizen, sommige zijn gebarsten, maar ook dat hoort volgens mijn moeder bij de Franse totaalbeleving. Ik ga op mijn knieën voor het televisiekastje zitten en kantel het modem.

'Grote a en dan kleine c!' roep ik naar buiten.

'Kleine d?'

'Nee kleine c! En dan 3, liggend streepje!'

'Komt die 3 dan na de P?'

Ik geef mijn moeder mijn telefoon.

'Ik heb er maar even een foto van gemaakt.'

'Als we jou niet hadden.'

Het is half twee als we de auto op een plein voor het twaalfde-eeuwse kerkje parkeren. Een tijd waarop je in elk Frans dorp een kanon uit diezelfde eeuw kunt afschieten. Een Fransman slaat geen middagmaal over.

We bewonderen het Romaanse timpaan. Een verfijnd beeldhouwwerk met Christus in een amandelvormig mandorla en aan weerszijden het Laatste Oordeel, althans, dat vermoedt mijn moeder die er lustig op los fotografeert. Mijn vader mompelt dat het kunstwerk in die tijd nogal wat gekost moet hebben.

Een zweem wierook komt me tegemoet als ik achter mijn ouders aan langs het doopvont naar binnen loop. De enige voetstappen zijn die van ons. Vanuit de glas-in-loodramen onder de hoge gewelven valt het zonlicht in stoffige kleurstralen over de banken. Een kruisje slaan mijn ouders al jaren niet meer. Ze hebben zich ten tijde van de misbruikschandalen laten uitschrijven toen bekend werd dat de kerkgemeenschap in het dorp betaald werd naar rato van het aantal gelovigen. Ze wilden God in zijn portemonnee treffen. Mijn vader vouwt zijn handen op zijn rug. Ik merk dat ik onbewust hetzelfde heb gedaan. Honderden van dit soort Franse kerkjes heb ik met ze bezocht. Het zou me niet verbazen wanneer daar dubbelingen tussen zaten. *God only knows.*

'Schat!' roept mijn moeder.

Aan het kruis bij het altaar trekt een hangende naakte man een wenkbrauw op.

'Heb je je telefoon op *stil*?'

We gaan alle drie onze eigen weg in de koelte van de kerk. Ik bekijk een Mariabeeld. Haar handen vroom geopend, een witte sluier voor haar gezicht. Een erotische gedachte aan Anna die naakt onder haar klamboe bovenop me zit, dringt zich op. Onze huwelijksnacht. Honderden beleefden we er. Haar heldere ogen die me aankeken door dat fijnmazige net, haar ranke lijf, haar borsten die ik altijd precies evenveel aandacht moest geven. Het viel haar meteen op als ik er een voortrok. Dan zei ze: 'Ho ho, links graag ook nog even.'

Bij het biechtstoelmeubel gluur ik voorzichtig naar binnen. Er ligt een dikke laag stof op de vloerplanken. Op mijn zesde trok ik zo'n rood gordijn in een Franse kathedraal zomaar opzij en keek ik in het boze gezicht van een plechtig geklede biechtvader met een lange witte baard. Jarenlang dacht ik dat ik God Zelve had gestoord.

'Iets op te biechten, mijn zoon?' fluistert mijn vader die me van achteren heeft beslopen.

'Kokindje!' roept mijn moeder vrijwel gelijktijdig, 'kom je zo even leuk voor dat altaar staan, dan maak ik een foto.'

Ergens even leuk bij gaan staan is mijn moeders lijfspreuk. Ga even leuk bij dat paard staan, allemaal even leuk bij die meneer gaan staan, jongens. En maar fotograferen. Herinneringen maken, zo noemt ze dat. Ze heeft thuis albums volgeplakt met onder elke foto een luchtig bijschrift. Sinds vorig jaar is mijn vader voor de zekerheid bezig om alle herinneringen in te scannen. In het geval van brand moeten ze nu een keuze maken tussen het mee grissen van de fotoalbums of het loskoppelen van de harde schijven, waardoor ze onder de streep weinig zijn opgeschoten.

'Ik wil niet leuk voor dat altaar staan,' biecht ik fluisterend op tegen mijn vader. 'Ik had daar samen met Anna moeten staan.'

Hij morrelt aan zijn gehoorapparaat.

'Wat is er met het altaar?'

'Dat ik daar met Anna had willen staan.'

Hij knikt begripvol.

'Dat snap ik, jongen, maar voor nu heb je even alleen je moeder.'

'Maar ik heb alleen mijn moeder,' herhaal ik met mijn kaken op elkaar en met de afgeknepen stem van zoon De Bie die aan de arm van moeder Van Kooten kerstinkopen doet.

Als ik aan kom lopen heeft mijn moeder de mise-en-scène tot in de puntjes voorbereid.

'Iets naar voren, wat meer naar links, uit die straal licht. Kom, niet zo treuzelen. Tikkeltje naar rechts nog.'

En straks weer een tikkeltje naar links zeker.

'Niet zo nors kijken, van een beetje glimlachen is nog nooit iemand doodgegaan.'

Ze houdt haar telefoon rechtop, horizontaal, zoomt in, zoomt uit. Het flitslicht schiet een aantal keer brutaal door de kerk alsof Satan zich erop laat meevoeren. Mijn vader kijkt over haar schouder mee naar het resultaat.

'Hij ziet wat pips,' zegt mijn moeder.

'Neem er anders voor de zekerheid nog een zonder flits.'

In gedachten klim ik het altaar op, bevrijd de hangende man en spijker mezelf aan het kruis.

De tennisbaan

Ik hoor het knarsen van het grind onder de autobanden. Mijn ouders komen terug van *het bakkertje* in het dorp. Op vakantie gebruikt mijn moeder graag dat verkleinwoord. Dat klinkt zo lekker ambachtelijk.

Ze legt een papieren zakje waar transpirerende croissants doorheen schijnen op de ontbijttafel.

'En omdat je er zo dol op bent, speciaal voor jou een pain au chocolat.'

Ik hou al een jaar of twintig niet meer van chocola bij mijn ontbijt.

'Lekker, mam.'

'Je gezicht zat altijd helemaal onder, weet je dat nog? Je was net een klein negertje.'

'Dat kun je echt niet meer zeggen.'

'Of nou ja, hoe noemen ze dat tegenwoordig.'

'Het is vandaag dinsdag toch,' zegt mijn vader als we aan tafel gaan zitten.

'Ja?'

'Nee, oké, dan klopt het wel.'

'Het voelt niet als dinsdag,' mompelt mijn moeder. 'Gek.'

Mijn vader opent het dinsdagluikje van zijn pillendoosje – de adventkalender van de hartpatiënt – en slikt een handje bloedverdunners door.

Na het ontbijt laat hij zijn nieuwe tennisrackets zien. In het midden van de witte bespanningen pronkt een grote rode W.

'Ze ruiken nog helemaal naar nieuw,' zegt mijn moeder.

'Kijk eens,' zegt mijn vader, 'de W van...'

Hij kijkt me vragend aan.

'Ja, doei, we zitten hier niet in *Sesamstraat*.'

'Zeg dan, de W van?'

'Ja, van Wilson, de W van Wilson.'

Eindelijk had hij zijn gedroomde Wilsons. De aanschaf van de rackets had langer op zich laten wachten dan die van de Renault.

'Tweenegenenveertig, net over de grens bij Sportworld Mönchengladbach.'

Met aftrek van de benzinekosten was hij alsnog voordeliger uit geweest dan bij de sportwinkel in het dorp.

'En dan kreeg ik deze er ook nog gratis bij.'

Hij haalt een lelijke zonnebril uit een zijvak van zijn tennistas.

'Je vader ziet er niet uit met dat ding op,' zegt mijn moeder. 'Veel meer een bril voor jongeren. Zet jij hem eens op.'

Ze schieten allebei in de lach.

'Kokindje lijkt een beetje op Heino zo.'

'Was dat die man die lepels kon buigen?'

Het is half een als we de tennisbaan betreden. De bloedhete zon brandt op het groene beton. In de verte klinken zwembadgeluiden.

'Godallemachtig, we lijken wel niet goed snik,' zucht mijn moeder als we ons op een bankje naast de umpirestoel installeren.

Ze heeft nectarines en een flesje Evian meegenomen.

'Ken je die van de muis en de olifant die door de woestijn lopen? Zegt de olifant: poeh, wat is het heet hier! Zegt de muis...'

'Je mag wel even in mijn schaduw lopen.'

'Ah, Kokindje kent hem al.'

Mijn vaders moppentrommel heeft al veertig jaar dezelfde inhoud.

'Het heetste moment van de dag, hoe krijgt je vader het verzonnen,' zegt mijn moeder terwijl ze een zweetbandje om haar pols schuift.

'Volgens de jongedame bij de kassa was dit toch echt het enige tijdslot dat nog vrij was.'

'Papa heeft er vast weer niks van begrepen,' fluistert mijn moeder.

'Ik hoor jullie wel. Ik tegen jullie twee. Jullie zullen ervan lusten!'

Mijn vader haalt de Wilsons uit zijn tas plus een derde racket dat ik kan gebruiken.

'Nee toch, is dat die van oma?'

'Jazeker.'

'Jezusmina.'

De Rucanor van oma Tilburg lag twintig jaar geleden op haar buik in haar doodskist. Het leek mijn ouders een eervol idee om haar ermee af te leggen omdat oma had geleefd om te tennissen. Ze hield het handvat vast als een zwaard, als een ridder in zijn sarcofaag. Een Wimbledon-tempelier. Een half uur voordat de dienst begon, meldde de uitvaartbegeleider dat het racket niet mee in de oven mocht. Het kunststof kon gaan smeulen en dat zou tot in de koffiekamer te ruiken zijn. Samen met mijn vader heb ik oma's vingers, koud en stram, een voor een van het handvat gepeld. Tijdens de plechtigheid stond haar racket tegen een paraplubak in de garderobe van het uitvaartcentrum, waardoor het leek alsof een tennismaatje op weg naar de baan nog even afscheid was komen nemen.

We slaan zonder puntentelling wat ballen naar elkaar over. Mijn moeder houdt het al snel voor gezien. Sinds een paar maanden heeft ze een nieuwe heup, maar die moet langzaam worden ingelopen. Ze gaat op het bankje zitten en eet een nectarine.

'Hup, wegwezen jij,' snauwt ze tegen een wesp die ze een lel met haar racket verkoopt.

'Zo maak je hem boos,' roept mijn vader.

'Doe je zo weer mee, mam?'

'Zuinig zijn op je moeder, jongen, daar heb je er maar een van.'

Mijn vader daagt me uit voor een partijtje.

'Twee gewonnen sets, vader tegen zoon, ik begin.'

'Denk aan je hart, schat. En laat die kous zakken, zo krijg je maar één bruin been!'

Ik mag mijn moeders Wilson gebruiken als ik er voorzichtig mee ben. Ze beklimt de umpirestoel. Van onder een parasolletje overziet ze haar gezin.

Mijn vader veegt zijn bril schoon en friemelt zijn bespanning minutieus recht voordat hij begint met serveren.

Ik had hier met mijn eigen zoon moeten staan. Ik had hém moeten leren tennissen in plaats van op te draven in een herhaalde aflevering uit mijn leven. 'Denk erom, je bent géén slachtoffer,' had Silke me met een hand op mijn schouder meegegeven toen ik haar praktijkkamer verliet. '*Du mußt dein Leben ändern!*'

'Uit!'

'Weet je dat zeker, mam?'

'Minstens een halve meter.'

'Ik zag 'm in.'

'Oké, dan doen we hem in.'

'Nee, jij bent de baas.'

'Laten we voor de zekerheid een let spelen,' beslist mijn vader.

Het staat 4-0 voor mij als ik tijdens een smash ineens een scherpe pijn bij mijn oksel voel, gevolgd door een steek op mijn borst. Ik laat mijn racket vallen en mep gillend op mijn buik. Mijn moeder klimt naar beneden en stuift als een ballenmeisje over de baan. Ze trekt mijn shirt op. Een wesp valt moegestreden op het beton.

'Wat doe je?!'

'Dat gif moet er onmiddellijk uit!'

'Als je het maar laat.'

'Je kan daar zelf niet bij.'

'Laat je moeder nou maar even,' roept mijn vader.

Ze begint de steekplekken een voor een uit te zuigen. Haar fluimen spuwt ze naast zich op de baan. Een groepje kinderen staat achter het hek van de zwembadweide toe te kijken.

'Zo, dat is eruit.'

Mijn bovenlijf zit onder de bloeduitstortingen.

'Help me eraan te herinneren dat ik er straks thuis wat aloë op smeer.'

Mijn moeder neemt haar plek op de umpirestoel weer in.

'Zo, de show is voorbij,' zegt mijn vader, '3-3, ik was aan *serve*.'

Het chateautje

De racefiets uit het schuurtje in de achtertuin blijkt een roestige Peugeot met gammele trappers, maar de ketting draait nog soepel over de tandwielen. Ik pomp de banden op, stel het zadel op de juiste hoogte en kleed me om op mijn slaapkamer. Als ik weer naar buiten loop, staan mijn ouders bij de fiets. Mijn moeder neemt het frame met een doekje af en mijn vader duwt zijn duim in de voorband om de spanning te controleren.

'Zo, Breukink, heb je een mooie route uitgestippeld? Lekker de Franse wind tegen je benen.'

'Ik heb vanochtend gelezen over een chateautje uit de riddertijd,' zegt mijn moeder. 'Kilometer of tien van hier. Daar kun je gemakkelijk naartoe.'

'Lieve mensen, ik fiets alleen een klein blokje om. Het is dertig graden.'

Mijn moeder houdt een touwtjesrugtas omhoog.

'Stokbrood met brie plus een fles ijskoud water. Scheutje siroop voor de extra energie. Heb je je goed ingesmeerd?'

Voor ik de ballast kan weigeren, heeft ze mijn armen al door het rijgkoord gestoken. Ik voel de koele fles water op mijn rug.

'Dank je, mam. Je bent de Fruittella's toch niet vergeten, hè.'

Mijn vader lacht.

'Verkopen ze die chemische roze dobbelsteentjes nog?'

Daar sta ik weer, op het schoolplein, rugtas om, wachtend op de touringcar. Mijn moeder die altijd vooraan stond om me op te halen. Geen halve minuut aan zorg liet ze aan het toeval over. Het aankomstgrapje, waarbij we ons onder de stoelen van de bus verborgen hielden, vond ze maar niks en dat liet ze juffrouw Connie tijdens de eerstvolgende ouderavond weten ook.

'Ik vind eigenlijk dat Kokindje een helm op moet.'

Mijn vader knikt instemmend.

'De zoon van Huub van Mill, zat bij jou op school, eet nu vla door een rietje.'

Hij gaat op zoek in het schuurtje en keert terug met een emmer die hij omgekeerd boven mijn hoofd houdt. Mijn moeder kan er niet om lachen.

'Beloof me dat je geen enge dingen doet, lieverd. De Fransen rijden als gekken.'

'Komt goed, mam.'

Mijn vader voelt in zijn broekzakken.

'Heb je geld mee voor de zekerheid?'

Voordat mijn ouders me geld en god weet wat nog meer zullen gaan toestoppen, loop ik met de racefiets de oprit af. Gearmd zwaaien ze me uit.

'*Bon voyage*, Kokindje!'

Ik fiets de vrijheid in, zonder zijwieltjes. Er is even niet veel meer dan het asfalt onder me, het staal van de fiets en mijn ademhaling. Ik luister naar het mechanische ratelen van de ketting over de tandwielen en naar de krekels in de berm, die eenzelfde werktuiglijk ritme aanhouden.

De weg kronkelt door de heuvels, dwars door de akkers en hooilanden waarin opgerolde reuzemarshmallows liggen. Ik fiets langs schapen die staan te dutten in de warmte, paarden die me met grote vriendelijke ogen aankijken, grazende koeien achter schrikdraad. Nooit tegenaan plassen, hoor ik mijn vader waarschuwen. Ik passeer een zonnebloemveld dat zó geel is dat de reflectie pijn doet aan mijn ogen. In de lucht erboven bidt een buizerd. Pittoresker kan het niet, hoor ik mijn moeder genieten. Het wegdek onder mijn banden is zo heet dat ik de poeltjes gesmolten teer, waarin kiezelsteentjes als punaises op me liggen te wachten, slingerend probeer te ontwijken. Een postauto toetert en haalt me in. Een onverstaanbare vloek uit een zijraam. Daarna neemt het geratel van de ketting het weer over. Braamstruiken, boterbloemen, vingerhoedskruid. Heuvel op, heuvel af. Als ik me in volle vaart naar beneden stort, voel ik de wind fluiten in mijn oren. Een hommel vliegt met me op, een libelle landt op het blauwe lint om mijn stuur. Ik ga links, dan weer rechts. Gewoon met de weg mee. Ik probeer mijn ouders uit mijn gedachten te verjagen. Ik ben een zelfstandige man die in zijn eentje op reis is. Een avonturier die straks ergens voldaan een aangenaam hotel opzoekt, een roman leest op het terras, karafje rood, salade met kazen uit de streek, dessert. Zo zou het moeten zijn. Ik ben nog nooit alleen op vakantie geweest. Moest ik dat niet gewoon eens gaan doen?

Morgen al misschien? 'Pap, mam: het is mooi geweest.' Ik zou wat kleren in de rugtas meenemen en koers zetten naar Clermont-Ferrand. Honderd kilometer, zo ver was dat nou ook weer niet fietsen. Onderweg zou ik in een barretje aan de praat raken met een mooie Française, mee naar haar huis gaan waar we de afwas van het aanrecht veegden om een kind te maken, samen een boerderij aan de rand van een dorpje gingen opknappen en zó oud zouden worden dat we onze achterkleinkinderen pointillistisch leerden schilderen. Maar ik had nauwelijks geld voor een salade of een dessert, laat staan een hotelkamer. En wat te doen als ik een lekke band kreeg? Ik sprak maar een paar woorden Frans. Een peloton wielrenners knalt me voorbij. Flitsende brillen, helmen. Hun dijen vacuümverpakt, zoals Anna dat op vakantie eens noemde. De renners laten me achter in een geurig bouquet van zonnebrandcrème en zweet. Ik probeer me de camping aan de voet van l'Alpe d'Huez voor de geest te halen waar ik met Anna kampeerde. Onze laatste vakantie samen. Op een heuvel in de verte zie ik de torens van het kasteeltje waar mijn moeder het over had.

'Och, jochie toch. In welke bocht sta je?'

'Weet ik het, ergens halverwege deze kutberg.'

Anna lachte. Ik hield van haar lach. Vol en rond. Een vrouwenlach, niet zo'n hoge meisjesgiechel.

'De bochten hebben volgens mij allemaal een nummer. Zoek dat even op en ga in de schaduw zitten.'

'Mama waarschuwde me al dat ik moet oppassen voor een zonnesteek.'

'Ah, je hebt je moeder ook al gebeld. Ik doe nog even wat boodschappen en dan kom ik je halen.'

Ik had die ochtend een racefiets gehuurd in het dal. Anna vond het maar niks dat ik ongetraind omhoogging. Op het heetst van de dag en met een halflege bidon, begon ik eraan. Al in de eerste haarspeldbocht voelde het alsof er breinaalden in mijn knieën werden gestoken. Het werd stilaan zwart voor mijn ogen en nadat mijn hart zo snel begon te kloppen dat ik de slagen niet meer kon tellen, liet ik me leeggereden in de berm vallen. Hoofdschuddend was Anna de auto uitgestapt. Ze had een flesje koude cola voor me meegenomen. En een klein blikje medelijden.

'Heel volwassen allemaal weer, hoor,' zei ze.

Ik legde mijn fiets achterin bij de boodschappen, trok een zak chips open en ging naast haar zitten.

'Wat eten we vanavond?'

Ik volg de verkeersborden richting het kasteeltje. De weg loopt minder gemeen omhoog dan l'Alpe d'Huez, maar het zuur is al in mijn kuiten getrokken. Het hangen op de bank in Diemen heeft mijn toch al zo belabberde conditie weinig goeds gedaan. Er glinstert iets in de verte. Het blijkt een platgereden slang. Een flard schubbenhuid met een olieachtige, iriserende glans en een vlek opgedroogd bloed op het asfalt eromheen. Ik stap af, maak een foto en stap weer op. De zon brandt in mijn nek. In een slaapdorp zet ik mijn fiets tegen het betonnen bassin van een openbare wasplaats. Een plens koud water in mijn gezicht, even op adem komen. Na het dorp slingert de weg nog een paar kilometer omhoog, waarna ik de ijzeren toegangspoort naar het kasteeltje zie opdoemen. Er staan auto's in de berm. Aan de tralies hangt een bordje. Iets met openingstijden en bezoek.

Ik rust uit op een muurtje bij de poort en open de rugtas. De fles water is door de menthesiroop van mijn moeder veranderd in een gifgroene, lauwwarme staaf plutonium. Ook de brie is warm en vloeit bij elke hap tussen het stokbrood vandaan.

'*Bonjour monsieur!*'

Een man van een jaar of zestig komt goedlachs op de poort afgelopen. Hij draagt een platte pet en opent zijn armen naar me alsof hij een oude bekende verwelkomt. Ik veeg de kaas uit mijn mondhoeken en steek weifelend mijn hand op.

'*Bravo, bravo! Il fait chaud aujourd'hui.*'

Ik knik en blaas theatraal uit.

'*Chaud, oui, très chaud.*'

Hij opent de poort en maakt een uitnodigende beweging naar de oprijlaan.

'*Entrez, monsieur, entrez!*'

'*Non, non, merci, merci.*'

Ik tik verontschuldigend op een denkbeeldig horloge op mijn pols, maar hij wil er niks van weten.

'*Bienvenue au Versailles d'Auvergne!*'

De man pakt mijn fiets en ik volg hem. Hij stelt zich voor als Jacques en begint tegen me te ratelen. Iets onverstaanbaars over mijn fiets, *Pays-Bas*, Joop Zoetemelk. Ik doe mijn best om op de juiste momenten te knikken en te glimlachen, waardoor ons onderhoud toch iets van een gesprek wegheeft.

Aan het einde van de oprijlaan fladdert een kip kakelend over de weg.

'Panique!' roept Jacques lachend. *'O la la, panique!'*

De kip schiet een poortwachtershuisje in. Jacques zet mijn fiets ertegenaan en ik volg hem naar de binnenplaats van het kasteeltje, waar het heerlijk naar kamperfoelie ruikt. Het aangeharkte witte grind blinkt in de zon. Het kasteeltje is opgebouwd uit zandkleurige stenen en heeft vier kegelvormige torens. Langs een regenpijp klimt de kamperfoelie de hoogte in. Als die bloeit, is de zomer begonnen, hoor ik mijn vader zeggen. In de schaduw van een olijfboom staan wat bistrotafeltjes. Er zitten twee gezelschappen aan; een drietal ouderen (een madame, een monsieur met een wandelstok tussen zijn benen en een iets jongere man, waarschijnlijk hun zoon) en aan het tafeltje verderop zit een stel met een jong kind. Terwijl Jacques een praatje met de ouderen maakt, neem ik een foto van een wilde wingerd. De bladeren reiken tot aan een toren met een wielvormig raam, waaruit Raponsje elk moment haar vlecht naar beneden kan werpen.

Wat had Anna dit prachtig gevonden.

'He's inviting you vorze castle tour,' vertaalt de moeder van het jonge gezin als ik niet begrijp wat Jacques naar me roept.

Voor ik het weet sta ik samen met de andere gasten in de hal van het kasteeltje. Het is er aangenaam koel en er hangt een eeuwenoude openhaardlucht. De hoge muren zijn versierd met schilderijen van jachttaferelen die – als ik Jacques goed begrijp – door de kasteelheer zelf zijn gemaakt. Kamer voor kamer neemt hij ons mee. Naar een balzaal met een kristallen kroonluchter en een harnas in de hoek dat me lijkt na te staren, een schemerig verlichte werkruimte met zware boekenkasten en een statig bureau waaraan Louis Pasteur tijdens een verblijf in het chateau had geschreven, een eetzaal, met prachtig tafelzilver en cloches op de borden. Via een suite waar het zonlicht dromerig over een hemelbed valt, gaat Jacques ons voor naar een wenteltrap.

'Doucement, maman, doucement, papa,' zegt de zoon die zijn ouders stap voor stap naar boven begeleidt.

Het uitzicht over het dal is adembenemend. Uitgestrekte velden, dorpen die in de hitte liggen te trillen en aan de horizon de contouren van de Alpen. Ik staar in de richting waar ons vakantiehuis zich bevindt. Wat als ik daar straks niet terugkeer? Als ik zo dadelijk al naar Clermont-Ferrand fiets, mijn telefoon uitzet, niets laat weten. Wanneer zou de ongerustheid bij mijn ouders omslaan in het bellen van de gendarmerie? Kokindje kan elk moment komen. Hij had er toch al moeten zijn. Dit is niks voor hem. Het wordt al bijna donker, de Fransen rijden als gekken. Ik zie ze in de Renault naar me op zoek gaan. Stoppen in elke haarspeldbocht, de berm met een zaklamp afspeuren. Ik zou hier en nu aan ze kunnen ontsnappen. Aan de vlechten van Raponsje naar beneden klimmen. Mijn moeder zou niet rusten voor ze me had gevonden. Ik zie mezelf misschien wel loskomen van mijn ouders, maar mijn moeder komt nooit meer los van mij.

Een hand op mijn schouder.

'Allez, monsieur le penseur.'

Jacques brengt ons terug naar de bistrotafeltjes op de

binnenplaats. Een roodharige dame in een gebloemde jurk – die op madame Edith uit *Allo Allo* lijkt – staat ons op te wachten. Ze stelt zich voor als de vrouw van Jacques en serveert een glaasje gele likeur waarbij ze een verhaal vertelt.

'Gemaakt van de gentiaan,' vertaalt de moeder van het jonge gezin bij wie ik ben aangeschoven. 'Een zeldzame plant uit de Alpen. Huisgestookt, erg goed voor je lijf.'

Het bittere drankje doorboort mijn maag, maar uit beleefdheid weiger ik een tweede glaasje niet. Ik praat wat met het stel. Ze komen uit de buurt van Bordeaux, zijn nog nooit in Amsterdam geweest, staat wel op de lijst. Of ik alleen met vakantie ben? Ik begin te vertellen over dat mijn vrouw met de meiden in het vakantiehuis is achtergebleven. Hoeveel? Twee stuks. Acht en bijna zes. Geen zin natuurlijk om zo'n suf oud kasteel te bezoeken, haha, jullie kennen het wel. Die zitten liever op de iPad. Of ik foto's heb? Ik laat een foto van Merels dochters op mijn telefoon zien.

God, wat voelt dit goed.

De vrouw van Jacques gaat met een zilverkleurige étagère de tafeltjes langs. De metalen trofee schittert in het zonlicht.

'Pounti, specialité d'Auvergne!'

'Cake met snijbiet, gedroogde pruimen en spekjes,' fluistert de moeder.

Ik neem twee plakken. Of ik een fanatieke wielrenner ben, vraagt de vader als ik vertel dat ik op de fiets ben gekomen. Jazeker, alleen weinig bergen in Nederland. Maar ik maak wekelijks mijn kilometers om mijn conditie op peil te houden, al heb ik door een blessure een tijdje niets kunnen doen. Op vakanties neem ik 'm altijd mee. Een oud barrel, maar rijdt nog prima.

Jacques gaat op een molensteen staan en bedankt iedereen voor de rondleiding. Als we applaudisseren neemt hij zijn platte pet omgedraaid in zijn hand en gaat ermee de tafeltjes af.

De man met de wandelstok pakt zijn portemonnee. Ook de jonge vader legt wat briefgeld in de pet.

'Et vingt euro pour le cycliste néerlandais.'

Voor de vorm zoek ik in de rugtas naar mijn portemonnee. Jacques heeft al door wat er aan de hand is.

'Panique, o la la panique!'

'Un moment, monsieur.'

Ik bel mijn ouders maar ze nemen allebei niet op.

Het terras bij het huisje ligt er verlaten bij. Twee lege koffiekopjes, een opwaaiende krant. Uit de achtertuin klinkt muziek. Ik steek mijn hoofd om de hoek en zie mijn vader met gestrekte benen in een opblaasbadje zitten. Zomerhoedje op, zijn armen vorstelijk over de blauwe rand. Mijn moeder zit ernaast op een klapstoel. Ze heeft een badpak aan en schilt een appeltje. In het gras staat mijn vaders wereldontvanger.

A la la la la long

A la la la la long long li long long long

Ik maak stiekem een korte video die ik naar Merel verstuur.

Mijn ouders zaten thuis vaak samen in bad. Anna zei eens dat ze wekelijks met een zakje kokindjes hun eerste ontmoeting naspeelden, zoals ook wij soms het bruggetje in het Rembrandtpark opzochten om de eenden te voeren.

'Daar is onze bergkoning! Kom je erbij?'

Tuurlijk. In bad met mijn ouders. Daar gaat mijn laatste restje decorum.

'Misschien straks. Mag ik de auto even mee?'

Ik vertel over de rondleiding. Mijn vader stapt in zijn blootje uit het water. Hij rijdt me wel even heen en weer.

'Mijn portemonnee ligt op het aanrecht!' roept mijn moeder als ik achter de melkwitte billen van mijn vader aan naar binnen loop. 'En neem gelijk wat van die pounti mee!'

De poort van het kasteeltje is met een kettingslot vergrendeld. Ik klingel met de bel, maar er komt niemand.

'Heb je die Jacques niet gewoon verzonnen?' vraagt mijn vader.

'Ik stop het geld anders wel in de brievenbus.'

'Dat lijkt me niet zo verstandig.'

'We zijn hier niet in de stad, pap, er gaat heus niemand in lopen graaien.'

'Hoeveel was het?'

'Twintig euro.'

'Doe anders een tientje.'

Uit eten

Het is zaterdagavond en we gaan uit eten.

'Houd je dat aan?' vraagt mijn moeder, waarna mijn vader zonder weerwoord de slaapkamer opzoekt om een schoon overhemd uit zijn koffer te halen.

Ik ben niet alleen met mijn ouders op reis, maar ook met vijftig jaar huwelijk.

Mijn moeder heeft een luchtje opgedaan. Onderweg naar het restaurant rijden we met de ramen open.

Tussen de gekleurde vlaggetjes boven de hoofdweg in het dorp hangt een groot wit doek waarop een brocante staat aangekondigd.

'Ach, nee, was dat vanmiddag?'

'Tegenvaller,' zegt mijn vader, 'maar we komen deze vakantie vast nog wel een rommelmarkt tegen.'

'Frankrijk is één grote brocante,' mompel ik.

We parkeren de auto aan een plein. Mijn vader stapt uit en bekijkt alle verkeersborden in een straal van vijftig meter. Als hij er zeker van is dat het gratis parkeren is, steken we het plein over naar het restaurant. Bij een fontein halverwege staat een trio accordeonisten in zwart-wit gestreepte shirtjes en met zwarte alpinopetten op. Ze spelen een vrolijk musettewalsje voor een handvol toeschouwers. Mijn moeder vindt het allemaal weer heerlijk Frans en klapt mee op de maat. Als het nummer bijna ten einde is, zegt mijn vader dat we haast moeten maken om onze reservering niet mis te lopen. De ware reden is waarschijnlijk dat het gezelschap zo met de pet rondgaat.

Altijd als mijn moeder en ik commentaar geven op mijn vaders zuinigheid, als hij bijvoorbeeld op 6 december het dorp intrekt om lukraak afgeprijsde chocoladeletters op te kopen, kaatst hij terug dat wij de oorlog niet hebben meegemaakt. Hij liep zelf nog in de luiers toen de geallieerden Eersel binnenreden, maar dat maakt hem naar eigen zeggen niet minder een oorlogskind.

Onder de luifel van het restaurant zitten de koks en de obers aan hun personeelsmaaltijd. We zijn veel te vroeg voor Franse begrippen. Een puistige jongen, die snel een sloof om zijn middel slaat, wijst ons een tafel maar mijn moeder wil niet buiten zitten omdat Buienradar vierenzestig procent kans op regen voorspelt. Mijn vader beaamt dat hij onderweg de zwaluwen laag heeft zien vliegen en dat we voor de zekerheid maar beter naar binnen kunnen gaan.

'Mmm, gekarameliseerde ui,' zegt mijn moeder als we voorbij de keuken lopen.

Ze kiest een tafel bij het raam.

'Zitten we toch een beetje buiten.'

Een jonge serveerster met een paardenstaart brengt een mandje met stokbrood en boter. Ze neemt het vierde couvert naast me weg.

'Leuk grietje,' mompelt mijn moeder.

Ze besmeert voor iedereen een broodje. In afwachting van de menukaarten staren we kauwend naar buiten. De straatmuzikanten op het plein houden het voor gezien. Ze bergen hun accordeons op in grote koffers en het publiek verdwijnt in de zijstraten. In een oogwenk is al het leven op straat verdwenen.

'Nergens kan de wereld zo bruisend zijn en dan ineens uitgestorven lijken als in een Frans dorp,' zeg ik tegen mijn vader.

'Hoe bedoel je dat?'

'Als op een perron waar de trein net is vertrokken.'

'Een perron?'

'Laat maar.'

'Weten jullie wát een fraai uitzicht was?' zegt mijn moeder. 'In dat restaurant in die toren met die schommel op het dak. Je kon de duiven op de Dam zien zitten.'

'Maar die scooter beneden zag ze niet,' plaagt mijn vader.

Anna was er die avond ook bij. Ik denk aan hoe ik met haar boven het IJ zwierde. Hoe ze met haar stralende ogen naar me lachte. De wind die met haar haren aan de haal ging. De liefde die met ons aan de haal ging. Ze ontmoette mijn ouders voor het eerst. Na afloop van het etentje werd mijn moeder door een scooter van haar sokken gereden. Ze opperde weleens dat ze net als in haar studietijd in de stad wilde gaan wonen, maar die zou haar levend verslinden.

De serveerster keert terug met de menukaarten en somt de specialiteiten op.

Mijn vader poetst zijn brillenglazen en geeft het doekje aan mijn moeder door.

'*Veau* is kalf toch?' vraagt hij als we de kaart bestuderen.

Mijn moeder knikt.

'*Mouton* is schaap, *boeuf* is koe en *veau* is inderdaad kalf.'

'En een kip is een kip,' zeg ik.

Mijn ouders kijken elkaar aan.

'Was een grapje.'

'Misschien moet ons Kokindje de wespensteak bestellen,' zegt mijn vader.

'Doet het nog pijn, lieverd?'

Ik voel haar mond weer op mijn buik.

'Geen pijn meer, wel last.'

Mijn ouders overwegen de vis van de dag. Ze overwegen tijdens etentjes buiten de deur al decennialang hardop het visje om mondain over te komen, maar ze eindigen altijd met de entrecote omdat daar frietjes bij worden geserveerd. Ze bekijken samen de menukaart en laten hun wijsvingers synchroon langs de gerechten gaan.

'Iedereen een voor en een hoofd?' inventariseert mijn moeder.

Ze houdt als een bordercollie de kudde bij elkaar.

'Prima. Als we straks maar wel kaas toe nemen,' zegt mijn vader.

Hij verheugt zich op de handkar met de stolpen die hij bij de keuken heeft zien staan.

Het begint buiten te miezeren.

'Je had het weer eens bij het rechte eind, schat.'

'De parasol!' zegt mijn moeder.

'Die heeft ons Kokindje bij het weggaan terug in de schuur gezet.'

'Je bent soms net je vader.'

Als de regen met de wind mee tegen de ruiten klettert, haast het personeel zich naar het terras om de couverts van een lange gedekte tafel naar binnen te verhuizen. Achter ons worden vijf losse tafels tegen elkaar aangezet waarna er een groot wit laken overheen gaat.

'Slecht nieuws,' zegt mijn vader. 'Dat wordt een groep.'

Mijn moeder buigt zich over de wijnkaart.

'Nemen we allemaal een glaasje of...'

'Een fles,' vul ik aan.

De serveerster komt onze bestelling opnemen. Ik kijk naar haar mooie paardenstaart en naar de regendruppels op haar witte blouse. De stof schijnt een beetje door. Ik voel de ogen van mijn moeder verwachtingsvol tussen de vrouw en mij op en neer gaan. Ik kijk haar stellig aan zodat ze weet dat ze zich niks in haar hoofd moet halen.

Mijn vader mag de wijn proeven. Hij heeft met zijn collega's ooit een cursus op een Limburgse heuvel gevolgd en sindsdien hangt hij de vinoloog uit. Hij ruikt, walst, slurpt en als hij akkoord is klinkt hij altijd even met zijn glas tegen de fles in de hand van de ober, iets wat Anna, als we met mijn ouders uit eten gingen, gênant vond.

'Nou jongens, lang geleden dat we met zijn drietjes zo gezellig samen aan tafel hebben gezeten,' zegt mijn moeder als we proosten.

Mijn vader probeert zich te herinneren wanneer dat

ook alweer was. Ik besmeer nog een stokbroodje.

'Nu niet meteen je buik helemaal voleten.'

De voorgerechten laten al een tijdje op zich wachten. Mijn moeder gaat naar de wc.

'Een koekoeksjong dus,' zegt mijn vader als ze van tafel is.

De laatste jaren begint hij steeds vaker een zin uit het niets.

'Hè, wat? Koekoeksjong?'

'Mama vertelde dat Anna je zo noemde.'

'Moederskindje, bedoel je.'

'Dát was het. Trouwens...'

Hij kijkt over zijn schouder en buigt zich samenzweerderig over tafel naar me toe.

'Ik heb voor morgenochtend een paar slingers meegenomen. Ik heb je lengte nodig om ze op te hangen.'

Dat is waar ook, 26 augustus.

'Ik ben vergeten om een cadeau voor mama te kopen.'

'Als je morgen even helpt, kun je met dat van mij meedoen.'

'Wat heb je gekocht?'

'Niets bijzonders. Een Italiaans kookboek, een cd van Patrick Bruel en een paar slippers, maar die heeft ze zelf gisteren in de supermarkt uitgezocht. Van die speciale Franse, je weet wel, die kocht je moeder vroeger ook altijd.'

'Hoe oud wordt mama ook alweer?'

'Laat haar het maar niet horen.'

'Mama is uit 1946, toch?'

'Nee, uit '45 en ik uit '43.'

'Jij bent toch van '44?'

'Sst. Daar is ze weer. Zeven uur, dan maak ik je wakker.'

De voorgerechten worden opgediend. Mijn vader heeft de terrine van wilde eend met vijgenchutney genomen. Hij hevelt de decoratieve cherrytomaatjes meteen en zonder aankondiging over naar het bord van mijn moeder die de salade geitenkaas zonder geitenkaas heeft besteld. Tijdens het eten komt een lange sliert familie het restaurant binnen. Ouders, grootouders, kinderen, aangetrouwd geluk. Ze verspreiden zich luidruchtig over de ingedekte tafel achter ons. De ouderen aan de ene kant, het jongste grut aan het andere uiteinde. Mijn vader zet zijn gehoorapparaat zachter.

'En, smaken je coquilles?' vraagt mijn moeder.

Ze kijkt me aan alsof ze wacht op een tevreden boertje.

'Saint-Jacques heeft zichzelf weer eens overtroffen. Proeven?'

'Eet maar lekker zelf op, lieverd, je hebt er maar zes.'

'Ik kan er heus een missen.'

'Toe, straks worden ze koud.'

Ik kijk naar hoe mijn ouders eten. Vanwege kiesproblemen vermaalt mijn moeder haar blaadjes sla voorin haar mond. Het bladgroen blijft aan haar tanden kleven als ze praat. Ook mijn vader neemt het niet meer zo nauw met de tafelmanieren. Hij veegt een kloddertje chutney met zijn linnen servet uit zijn mondhoek, snuit zijn neus erin en vouwt het weer op naast zijn bord. Het zou Anna niet zijn ontgaan. Ik hoopte altijd dat ze al hun gedragingen niet zou zien als we met mijn ouders aan tafel zaten. Anna kon zelf prachtig eten. Ze hield haar hamburgers zonder te knoeien bij elkaar, bracht haar vork gedistingeerd naar haar mond als een Britse koningin.

Ik schenk mezelf wat wijn bij.

Mijn moeder ziet haar kans schoon.

'Wilde jij eigenlijk kinderen?'

'Hè, wat?'

'Kinderen met Anna.'

'Moet dat nu?'

'Hoeft niet, maar ik was gewoon even benieuwd.'

'Als je het per se wil weten: ja, ik had best een kind gewild.'

En ook Anna had er aanvankelijk best een gewild, maar het laatste jaar was ze daar niet meer zo zeker van. Dan heb ik in één klap twee zorgenkindjes, hoorde ik haar tegen een vriendin twijfelen.

Mijn moeder zet een hand aan haar oor.

'Dat Kokindje best een kind had gewild,' helpt mijn vader.

'Jaja, ik wilde alleen even zeker zijn van wat ik hoorde,' zegt ze lachend. 'Ons Kokindje een kind. Dat mag wel in de krant. Wilde Anna ze ook?'

Ik tik op mijn voortanden. Mijn moeder begrijpt de hint. Ze krast met haar nagel een stukje bladgroen weg, bekijkt het en eet het op.

'Sorry, mam, wat vroeg je?'

'Of Anna ook kinderen wilde.'

Aan de lange tafel klinkt het getik van een mes tegen een wijnglas. Een oude man aan het hoofd staat op. Hij heeft rimpels rond zijn ogen. Zijn stem is laag en doorleefd.

Een toost uitbrengend op onze familie, op het leven dat we zouden doorgeven. Dat was waar Anna en ik in het begin van onze relatie weleens over hadden gefantaseerd. Samen met onze kinderen en kleinkinderen aan een gevulde tafel in de tuin van ons vakantiehuis in Toscane.

De groep applaudisseert en klinkt met de glazen. Mijn moeder rolt met haar ogen.

'We hebben het kennelijk gezellig hierachter.'

'Zullen we vragen of we de hoofdgerechten buiten mogen opeten?' zegt mijn vader. 'Volgens mij is het uitgeregend.'

Als mijn moeder opzijbuigt om haar handtas te pakken, ben ik bang dat het etiket van Remia tevoorschijn komt. Die gele knijpfles kwam vroeger altijd als een periscoop boven tafel omdat we geen van drieën de scherpe Franse mosterd op onze tongen konden verdragen.

Mijn moeder kijkt op haar telefoon.

'Op Buienradar zeggen ze dat het vanaf nu tot tien uur droog blijft.'

'Lieve mensen, we zitten hier prima. Ik ga echt niet verkassen.'

'Oom Piet en Marjo vinden je foto hélemaal geweldig.'

'Mijn foto geweldig?'

'Bij het altaar. Piet schrijft dat je zo door kunt voor de nieuwe Messias. Hij vraagt of we dinsdag op de koffie komen.'

'Een uur,' zegt mijn vader afgemeten. 'Geen minuut langer.'

'Hoe bedoelen jullie dinsdag op de koffie?'

'Piet en Marjo zijn hier eergisteren met hun camper aangekomen. Ze staan op een camping net buiten het dorp.'

Friet en Mayo, dat kon er nog wel bij.

In afwachting van de hoofdgerechten ga ik naar de wc. Ik staar een tijdje naar het woord TORK op de rolhouder.

'Maak je geen zorgen,' zei tante Marjo op de parkeerplaats van Club Paradise tegen mijn moeder. 'Wat er tussen jou en mij speelt, daar kan die knul niks aan doen.'

Het was krokusvakantie. Hoewel mijn ouders het liever anders zagen, hadden ze geen andere keus dan me die week bij mijn oom en tante onder te brengen. Zelf reden ze dagelijks op en neer naar een hospice in de buurt van Eersel, waar opa zijn postzegelverzameling overdroeg aan mijn vader.

Ik was nog niet koud binnen of tante Marjo bood me een sigaret aan, die ik afsloeg. Ze nam me mee door een hotelachtige gang met rode lampjes boven de kamerdeuren. Het rook er indringend naar allesreiniger. Een smalle trap leidde naar mijn logeerkamer op zolder. Vanuit een klein raam had ik zicht op de paal met CLUB PARADISE in de top, de provinciale weg en de opgeploegde aspergebedden zo ver als ik kon kijken.

Anna vond het altijd heerlijk als ik haar over die krokusvakantie vertelde. Over hoe ik als vijftienjarige jongen de vrachtwagenchauffeurs naar binnen had zien gaan. Het gekreun uit de kamers. Soms wond het haar op en dan speelden we na wat zich daar had afgespeeld.

Ik staarde die eerste middag vanuit mijn kamer naar

buiten. Een vrouw in een witte ochtendjas zat op een bankje voor de club te roken. Ze had blond gepermanent haar en grote ronde oorbellen. Op het moment dat een vrachtwagen de parkeerplaats opdraaide, drukte ze haar sigaret onder het bankje uit. Ik liep stilletjes de trap af naar de gang.

Een paar minuten later voelde ik een hand op mijn schouder.

'Voyeurtje, voyeurtje, wie knabbelt er aan dat deurtje?'

Tante Marjo haalde me bij het sleutelgat weg.

'Ik snap het wel hoor,' zei ze zachtjes, 'kom, dan leid ik je even rond.'

Ze wees op de lampjes boven de kamerdeuren.

'Rood licht is stoplicht, kee?'

We liepen een ruimte binnen met leren banken en een klein rond podium met een danspaal. Het rook er naar verschraald bier. Op de toog stond een emmer en een fles Jif.

'Je kan vanmiddag mooi een handje toesteken. Cassis?'

Een minuut of tien later liep de vrachtwagenchauffeur door de bar naar buiten. Tante Marjo en de vrouw in de witte ochtendjas gingen hem achterna om een sigaret te roken.

'Dees laat je haar kamer even zien,' zei ze toen ze samen terugkwamen. 'Laat die cassis maar hier.'

De vrouw nam me mee door de gang met de lampjes. Ze ging op de rand van haar bed zitten en stak een kauwgompje in haar mond. Aan het plafond zoemde een tl-buis.

'Kom jij eens even hier,' zei ze waarbij ze uitnodigend op het matras klopte, 'klein pottenkijkertje.'

Ik ging naast haar zitten en zei dat het me speet.

'Spijt is niet nodig op jouw leeftijd, knoop dat maar in die stoute oren van je. Ik ben Daisy.'

Haar adem rook naar een mengsel van Sportlife en tabak. Ik stak mijn hand uit en zei mijn naam.

'Ik hoef niet te weten hoe je heet, jongen, daar doen we hier niet aan.'

Ze legde mijn hand op haar bovenbeen. Bij het voelen van de badstof van haar ochtendjas werd ik overvallen door een erectie. Ze kwam dichterbij en gaf me een vochtige kus in mijn nek. Ik hield mijn adem in toen ze mijn gulp openritste en langzaam met haar hand onder het elastiek van mijn onderbroek gleed. Ze trok de badjas wat opzij.

'Bekijk het allemaal maar eens van dichtbij.'

Ik begon steeds sneller te ademen.

'Zo, dat was dat,' zei ze.

Ze stond op, scheurde een vel van een keukenrol en veegde zich schoon.

'Ga maar weer terug naar je kamer.'

Tante Marjo stond op de gang en nam zacht neuriënd met een doekje de deurklinken af. Ze knipoogde naar me. Anna was ervan overtuigd dat ze door het sleutelgat had toegekeken.

Mijn ouders zijn al aan de hoofdgerechten begonnen.

'Het is net het Wilde Westen hierachter,' zegt mijn vader als ik ga zitten.

Hij heeft zijn gehoorapparaat naast zich op tafel gelegd.

'Ik dacht dat alle Franse kinderen zo welopgevoed waren,' moppert mijn moeder.

'Wat, schat?'

'Nou, die pokkeherrie.'

Ik kijk met een moeilijk gezicht naar de hele dorade op mijn bord.

'Moet je vader 'm even fileren?'

Nog tijdens het diner vraagt mijn moeder om de rekening. Ze heeft genoeg van het lawaai. Mijn vader wil ook naar huis. Hij heeft zijn belangstelling in de kar met kazen verloren.

'In de ijskast staan nog crème brûléetjes van de Intermarché.'

Hij rekent de fooi uit en daarna loop ik met zijn pinpas naar de bar. Met een schuin oog kijk ik naar de Franse familie. Het grote witte tafelkleed staat vol met karaffen wijn, pepermolens, flessen water en olijfolie. Het zal na afloop door de Witte Reus-helikopter uit het restaurant worden opgehesen. Dat van ons kan morgenavond gewoon worden hergebruikt.

'Hèhè, eindelijk rust,' zegt mijn moeder als we in de auto zitten.

Ik voel de klamme warmte van mijn vaders billen als ik na hem op de wc-bril zit. Dichter bij een aanraking met zijn lichaam kom ik al jaren niet meer. Hij doucht nog even voor het slapengaan en staat uitbundig in de kleine badkamer te zingen.

'B, b met r, dat is bruine bonen met rijst' gevolgd door 'De kat van ome Willem'.

Mijn vaders repertoire aan doucheliederen is in de

vorige eeuw blijven steken; net als zijn verzameling moppen, zijn kleding, zijn brilmontuur, zijn leven. Een openluchtmuseum in korte broek, noemde Anna hem eens.

In bed stuur ik wat berichten heen en weer met Merel als de deur van mijn slaapkamer opengaat. Mijn moeder knipt het nachtlampje aan.

'Ik had het juist uit gelaten vanwege de muggen.'

'Je bederft je ogen zo.'

'Weet je nog dat opa me probeerde wijs te maken dat muggen uit het stopcontact komen?'

'Opa Eersel?'

'Ik stak altijd voor het slapengaan toch overal een stekker in? Jouw föhn, papa's scheerapparaat.'

Mijn moeder kan het zich niet herinneren.

'Je vaders vader kletste sowieso vaak maar een eind weg hoor.'

Ze vist mijn sokken van de vloer en hangt ze over de leuning van een stoel.

De slaapkamer is eenvoudig ingericht. Een crèmekleurig behang met een dof bloemenmotief, een ijzeren eenpersoonsbed met een slurfkussen en een grenenhouten klerenkast met de muffe prikdeken die ik de eerste avond meteen had opgeborgen.

'Opa liet me vroeger wel vaker griezelen. Dat sjoelstenen van knieschijven worden gemaakt, bijvoorbeeld. Daar heb ik nachten niet van kunnen slapen.'

'O?'

'Weet je dat ook niet meer?'

'Dat is allemaal erg lang geleden, Kokindje. Je vader en ik zijn niet meer de jongsten.'

Terwijl mijn moeder ongevraagd het laken van mijn bed begint in te stoppen, herinner ik me wat opa Eersel eens zei toen ik hem vroeg waarom zijn haren zo grijs waren: dat herinneringen als je ouder wordt in je hoofd vervagen en daarna als grijze haren uit je groeien.

'Wat ik nog wel weet was dat jij als de dood was voor de vrachtwagen met die lange slang.'

'Vrachtwagen met een slang?'

'De puttenzuiger, die reed eens per jaar door de straat.'

Dat wist ík dan niet meer.

'Je rende altijd linea recta naar binnen.'

Mijn moeder trekt het gordijn dicht.

'Mam?'

'Ja, lieverd?'

'Mis je jouw ouders weleens?'

Het bed kraakt als ze op de rand komt zitten. Ze voelt aan het matras.

'Ligt dit een beetje?'

'Ik voel de veren als ik op mijn zij draai, maar het went.'

'Typisch Frans. Malse matrassen kennen ze hier niet.'

'Morgen ben jij even oud als opa is geworden, toch?'

'Zevenenzeventig, ja, godallemachtig.'

Mijn vader verschijnt in zijn boxershort in de deuropening. Hij eet iets en krabt dierlijk aan zijn buik.

'Wat een gezelligheid. Komen jullie me jonassen?'

'Pas maar op, straks geeft hij je de kieteldood.'

'Wat is papa aan het eten?'

'Ik denk een madeleine.'

'O, dat lust ik ook wel.'

'Je hebt net je tanden gepoetst,' zegt mijn moeder terwijl mijn vader me het kontje van zijn cakeje toewerpt.

'Je boft maar met zo'n vader.'

Ze vraagt of hij zich de puttenzuiger kan herinneren, waarop mijn vader naar mijn bed loopt, het slurfkussen achter me vandaan neemt en het boven mijn bed heen en weer begint te zwengelen.

'Ik ben de olifant met de grote snuit en ik blaas dit verhaaltje uit.'

Mijn moeder veegt glimlachend de cakekruimels van mijn laken.

'Slaap lekker, lieverd.'

Ze lijkt heel even te twijfelen of ze de deur op een kier moet laten.

Het plan d'eau

'Psst, Kokindje, wakker worden.'

Ik kijk tegen mijn vaders steunkous aan.

'Kom, ik heb haar stoel al versierd.'

Op de eettafel staat een doos met slingers.

'Dat je die oude meuk nog hebt.'

'Wie wat bewaart die heeft wat.'

Een hele zolder vol.

Mijn vader geeft me het uiteinde van een slinger aan. Hij klimt op een stoel in de hoek van de woonkamer.

'Het leven is een feest,' zeg ik op fluistertoon, 'maar je moet wel zelf de slingers ophangen.'

'Hè, wat?'

'Niks, laat maar.'

In de keuken raakt een van de slingers verkleefd in de gele plakstrip die mijn vader aan een lamp heeft gehangen. Aan de lijm kleven al een stuk of tien vliegjes. Neergestorte vliegtuigjes, die met een vleugel de lucht insteken. Er leeft er nog één. Dat ben ik, vastgehecht aan mijn ouders. Het beestje tast met een pootje in het rond. Ik probeer het voorzichtig aan een gonzend vleugeltje los te trekken.

'Kokindje! Niet met je handen aan zitten, dat is puur gif!'

'Zeg, wat is dat allemaal voor lawaai hier?'

Mijn moeder stapt geeuwend de keuken binnen.

'Tadaa!' roept mijn vader.

Hij zet lang-zal-ze-leven in en dirigeert zichzelf met twee olijk deinende wijsvingers.

'Wat een verrassing, jongens,' zegt mijn moeder. 'Als jullie het allemaal maar wel weer opruimen.'

'Uw vakantiehuis staat op loopafstand van een sprookjesachtig *plan d'eau* dat zo helder is dat u hoogtevrees zult krijgen als u erin zwemt,' leest mijn moeder tijdens het ontbijt voor uit de map met informatie.

Mijn vader en ik gaan er straks een kijkje nemen. Eerst de cadeautjes.

'Toe maar,' zegt mijn moeder, 'boekhandel Koops.'

Ze pulkt de plakbandjes secuur los. Het inpakpapier moet mee terug naar Nederland.

'Lenghi!' roept mijn vader enthousiast als mijn moeder een boek met een knalgele citroen op het omslag omhooghoudt. 'Otto Lenghi, de beroemdste Italiaanse chef-kok, heb ik me laten vertellen.'

Mijn moeder pakt haar andere cadeautjes uit.

'Dat had allemaal niet gehoeven, jongens.'

De cd van Patrick Bruel wordt meteen opgezet.

Na het ontbijt gaan mijn vader en ik naar het meer.

'Denk om de adders in het gras,' waarschuwt mijn moeder als ze ons bij de achterdeur op haar nieuwe Sarraizienne-slippers uitzwaait.

Ze heeft zich volledig op haar moederrol gestort. Ze kookt het eten dat ik lekker vind (of vroeger lekker vond), zoekt uit wat er voor mij in de omgeving te doen is ('er is een kleine disco net buiten het dorp, we willen je best even brengen') en ze maakt elke ochtend mijn bed op. Het zou me niks verbazen als ze 's nachts bij mijn voeteneinde gaat zitten en zachtjes 'Op een klein stationnetje' voor me zingt.

Via de achtertuin lopen we de koelte van het dennenbos in. Ik snuif de sterke naaldgeur op. Mijn vader heeft een badhanddoek over zijn schouder gelegd, het gele tourhoedje op zijn hoofd.

'Mama ook altijd met haar slangen,' zucht ik. 'Ze begint steeds meer op oma te lijken.'

Oma Tilburg waarschuwde me overal voor. Kinderlokkers, buitenlanders, aids, heroïnespuiten. Zelfs vanaf haar sterfbed waarschuwde ze de familie dat het glad was op de gedweilde ziekenhuisgang. 'Ons mam bleef zorgen tot aan haar dood,' stond er op haar bidprentje. Na een hartaanval op de tennisbaan deed ze er twee weken over om dood te gaan. Doodgaan is niet voor niets een werkwoord, had de verpleegkundige gezegd toen we rondom oma's bed zaten. En al die dagen waarschuwde ze ons voor de gladde vloer.

'Geluid maken,' zegt mijn vader, 'trillingen houden slangen op afstand.'

Ik stamp overdreven achter hem aan over het bospad, dat roodbruin ziet van de naalden.

'Ken je die trouwens van die olifant en die muis die samen over de Erasmusbrug gaan?'

Nou, vertel.

'Wat stampen we hard!'

'We stampen hard?'

'Nee, dat zegt de muis tegen de olifant.'

'Die twee raken ook maar niet uitgepraat, hè.'

De verkoeling van het bos slaat op mijn blaas.

'Hoe ver zei mama ook alweer dat het lopen was?'

'Kleine tien minuutjes. Maar je weet: lopen is gezond, dan...'

'Beschimmelt je gat niet.'

Mijn vader hurkt bij een struikje, plukt een paar bessen en stopt ze in zijn mond.

'Weet je zeker dat je die kan eten?'

Hij kijkt me hoofdschuddend aan.

'In de oorlog aten we complete maaltijden uit de berm, dat is jullie generatie verleerd.'

We lopen een heuvel op en aan de andere zijde leidt een smal bochtig pad ons weer naar beneden. Ik zie het meer liggen. Het is omringd door het groen van het bos. Fel zonlicht glinstert op het water. Er is geen mens te bekennen. Aan onze voeten schieten kleine visjes heen en weer. Alsof ze naar iets op zoek zijn, maar zich telkens bedenken.

'Niet te koud, niet te warm,' zegt mijn vader nadat hij met zijn tenen de watertemperatuur heeft afgetast. 'Zo hoort een Frans meertje te zijn.'

Niet te koud, niet te warm: zo zou ik mijn vader beschrijven als iemand erom vroeg.

We kleden ons om. Ik kijk naar mijn vaders blote lichaam. Zijn spataderen, zijn knokige knieën. Hij is besneden. Dat heb ik nooit geweten, of het is me niet eerder opgevallen.

'Pap?'

'Ja, jongen?'

'Wanneer hebben jullie eigenlijk bedacht dat jullie een kind wilden maken?'

'Een kind maken?'

'Dat jullie mij wilden, wanneer wisten jullie dat zeker? Of ging dat gewoon vanzelf?'

'Daar vraag je me wat.'

Hij spreidt zijn handdoek uit en verstopt zijn horloge in een hoekpunt.

'Je moeder herinnert zich dat soort dingen beter.'

Mijn vader is geen man van wijze woorden en levenslessen. Hij is nooit een gesprek van vader op zoon met me aangegaan, zo'n opvoedkundige scène uit een film waarin een vader en zijn zoon dobberen op een meer. Plots wordt er aan de lijn getrokken, het bootje schommelt, de zoon haalt een grote snoek binnen, vader slaat een arm om hem heen. Nu is de zoon volwassen. Zo eenvoudig kon het zijn.

'Wilde jij het wel net zo graag als mama?'

Mijn vader kijkt me aan. In die heldere ogen achter zijn brillenglazen heb ik al jarenlang niet meer zo diep gekeken. Ik voel dat hij me iets wil zeggen.

'Wie het eerst aan de overkant is!'

Hij borstcrawlt richting het midden van het meer. Nog altijd zwemt hij alsof hij een wedstrijdbal tussen zijn armen vervoert; strakke blik vooruit, ellebogen in een hoek van negentig graden. Ik zwem in schoolslag een andere kant op en trek mijn zwembroek een stukje omlaag. Wat wist ik nou eigenlijk van hem? Wat wist hij van mij? Ik voel het warm worden tussen mijn benen. Je moet er altijd een beetje mee wiebelen voordat je hem terug stopt, Kokindje, anders krijg je een nat vlekje in je onderbroek. Mijn vaders levenslessen waren in het algemeen praktisch van aard. Altijd een pak houdbare melk in je voorraadkast bewaren, bij het kopen van eieren even in het doosje kijken. Op de dag dat hij me naar mijn eerste kamer in Amsterdam reed, had hij me een kaasschaaf cadeau gedaan, een Zweedse Stelton, waar ik de rest van mijn leven mee zou kunnen doen mits ik er zuinig op was. Een paar weken later bracht hij me met mijn nekvel in zijn bek alweer terug naar mijn moeder, omdat ik heimwee had. Hij komt aan de overkant uit het water en schudt zich uit. Met de handen in de zij bekijkt hij de afstand die hij heeft afgelegd. Ik zie hem weer tegenover me op de tennisbaan staan. 'Zuinig zijn op je moeder, jongen, daar heb je er maar één van.' Was ik te zuinig op mijn ouders? Anna zei eens dat ze hoopte dat ik eindelijk tegen ze in zou gaan. 'Niet zo'n toon aanslaan tegen je moeder!' Mijn vader heeft het nooit hoeven zeggen.

Ik zit op zijn handdoek als hij met een binnenpretje uit het water stapt.

'Ken je die van de muis en de olifant die naar zee gaan?'

Rondom het vakantiehuis hangt een gezellige lucht. Mijn moeder heeft de pruimentaart uit haar nieuwe kookboek in de oven staan. Ze serveert het in de zon op het terras met een dot slagroom ernaast. Bij elke hap scheppen mijn ouders vaardig een toefje mee. De laatste jaren eten ze steeds vaker taartjes. Zolang er in hun leven maar zoetigheid gegeten wordt, is er geen vuiltje aan de lucht.

Rita van Veldhoven, een oud-collega van mijn moeder, videobelt. Eerst wordt er gezongen maar algauw komt het gesprek uit op alle kwaaltjes. Rita heeft staar, Ton plasproblemen en de veertien jaar oude hond Bommel kan niet meer op zijn achterpoten leunen en laat zijn keutels lopend op straat vallen als een paard van de bereden politie. Ik hoef het niet te horen, al die opgelopen schades in hun kennissenkring, maar ze praten zo hard met elkaar dat het scherm van mijn moeders iPad, waarop Rita zojuist met een grote pleister op haar oog naar me zwaaide, zowat op barsten staat. Na het gesprek laat mijn moeder een filmpje zien dat de buurvrouw heeft gestuurd. Een kat die kaarsjes uitblaast. Het doet mijn vader denken aan een niesende panda en ook dat filmpje wordt bekeken.

Als ze samen de tekstberichten doornemen, meen ik te zien dat mijn ouders elkaar een moment geheimzinnig aankijken.

Zou Anna? Nee, uitgesloten. Waarom zou ze? Ik durf het niet te vragen.

Aan het einde van de middag komt mijn vader met de badmintonrackets aanzetten.

'Allemaal een potje tegen de jarige job!'

'Jarig jetje,' verbetert mijn moeder.

'Jetje?'

'Bij vrouwen is het jet, maar dit jetje blijft mooi aan tafel zitten.'

'Het waait te hard,' zeg ik, maar mijn vader meent dat het wel meevalt.

We slaan de shuttle heen en weer over de waslijn met de gekleurde knijpers, maar we houden het vanwege de wind al snel voor gezien.

Mijn moeder zet een schaal met dampende artisjokken op tafel.

'Liegen in de Amsterdamse dierentuin,' zegt mijn vader.

Ik zucht. Mijn moeder kijkt me hoofdschuddend aan.

Na het eten tuigen we het Triviantspel op. Mijn vader sorteert de kaartjes met de vragen, mijn moeder punnikt de omgekeerde driehoekjes met een pincet uit de speelwieltjes en ik open een fles rode wijn. Op tafel staat een schaaltje met cornichons en een gedroogd worstje uit de streek.

'Je kan dat velletje gewoon eten.'

Ik neem het op tegen mijn ouders. Ze winnen, omdat hij weet wat zij niet weet, en omdat zij weet wat hij niet weet. En omdat de editie van voor de Val van de Muur is. Als ik op mijn vaders telefoon het antwoord op een vraag over de vrouw van bondskanselier Helmut Kohl controleer, voel ik een steek in mijn hart.

Anna Scra Belle heeft 'QAT' gelegd voor 46 punten

Het dorpje

Het middeleeuwse stadje Charroux is een verborgen parel in het hart van de Auvergne. Een plek die u zéker niet mag missen, leest mijn moeder voor van haar iPad. Er is een brocante gevestigd, een ambachtelijk streekrestaurant en de patisserie in het centrum geniet landelijke bekendheid omdat men eeuwen geleden banket aan het Franse Hof had geleverd. Mijn moeder laat een foto van een prijswinnende kersenclafoutis zien. Zo eentje wil ze ook voor oom Piet en tante Marjo meenemen.

Mijn vader heeft gisteravond een glas wijn te veel gehad en rinkelt met de autosleutels voor mijn gezicht.

'Aan jou de eer.'

Ik schuif de stoel achteruit en stel de spiegels af. Mijn moeder zit op de achterbank en plukt aan mijn haar.

'Je kan zo weer met Metallica mee op tournee.'

Als mijn haren lang en slonzig werden, begon mijn moeder steevast over Metallica. Ze dirigeerde tot mijn achtendertigste met de schaar als een baton in haar hand de compositie van mijn haar. Elk kwartaal zat ik thuis op de pianokruk en kreeg ik het kapsel van een Engels kostschooljongetje, tot Anna er een stokje voor stak en me naar een echte kapper stuurde. Mijn vader wordt nog steeds door mijn moeder geknipt. Hij heeft er naar eigen berekening minstens duizend euro mee uitgespaard, al kostte het hem wel een litteken in zijn oorlel.

'Tegenwoordig is millimeteren bij mannen in de mode,' zegt mijn moeder als ik de auto start. 'Dat zou jou ook goed staan. Tondeuse eroverheen, lekker vlot.'

Mijn haaruitval was een jaar geleden op gang gekomen, maar ik werkte mijn inhammen elke ochtend weg door mijn haar met mijn vingers richting mijn voorhoofd te harken.

'Kijk nou toch eens, wat hebben we hier!'

Mijn moeder ontwaart een grijze haar bij mijn slaap. Ze bejubelt de gebeurtenis alsof mijn eerste tandje doorkomt.

'Ik probeer de oprit af te rijden als jullie het niet heel erg vinden.'

'Het leven begint bij veertig, jongen,' klinkt het naast me.

'Ik heb de knipspullen in mijn beautycase meegenomen,' zegt mijn moeder. 'Ik zal je vanavond wat bijpunten.'

Mijn vader schraapt zijn keel en spuugt op de zuignap van de navigatie.

'Lekker, pap.'

Het apparaat glijdt van de voorruit.

'Je maakt dat ding veel te nat,' zegt mijn moeder. 'Nee, niet met je mouw... hè, bah.'

Het is een uur rijden naar Charroux. Mijn moeder heeft zich tussen de stoelen gewurmd en vertelt over een concert van Patrick Bruel waar ze een paar maanden geleden naartoe is geweest. Ze had zich jong gevoeld tussen het publiek.

'Er waren daar meer EHBO'ers dan beveiligers,' zegt mijn vader die mijn moeder samen met haar vriendinnen, allemaal in de zeventig, had weggebracht en opgehaald. De meiden, noemde hij die vriendinnen.

Hij zet de radio aan en stemt af op een Franse muziekzender.

'Geluidje, hè.'

Ik heb geen idee waarover de liedjes gaan, maar de sfeer is op sommige momenten zo uitgelaten dat we alle drie de refreinen meezingen. Héél even voelt het alsof ik met twee goede vrienden op een roadtrip ben.

Na een slok water begint mijn moeder plots onbedwingbaar te hoesten. Mijn vader draait zich geschrokken om.

'Schat!'

In de binnenspiegel zie ik dat ze onhandig op haar eigen rug probeert te kloppen. Ik zet de radio zachter.

'Moet ik stoppen, mam?'

Mijn vader mept een paar keer tussen haar schouderbladen.

'Godallemachtig. Nee, het gaat alweer.'

De tranen staan in haar ogen.

'Ik verslikte me, jongens.'

'Ja, dat hoorden we,' zegt mijn vader opgelucht.

Wanneer mijn moeder iets overkomt, hoe pietluttig het ook is, een bloedneus, een splinter, zie ik de angst in zijn ogen om alleen achter te moeten blijven.

'Gelukkig maar, mam. Ik wilde de startkabels al uit de achterbak pakken om je weer aan de praat te krijgen.'

Mijn vader lacht.

'Die had ik dan op je oren gezet en...'

Zo kon-ie wel weer.

'Wat is het waarachtig prachtig hier,' zegt mijn moeder als we dolgedraaid van de rotondes in Charroux arriveren.

We rijden langs het groene kruis van de apotheek met het aantal graden (vijfendertig) op het display, een bar tabac, het onvermijdelijke wandelstokmannetje op een bankje, een marmeren herinneringszuil voor de gevallenen uit het dorp.

'Kijk toch eens jongens, wat een schilderachtig kerkje.'

Mijn moeder drukt haar telefoon tegen de ruit.

'Volgens mij zijn we hier al eens geweest, mam.'

'Welnee.'

'Ik bedoel dat alle dorpen in Frankrijk op elkaar lijken.'

'Daar achter die zwarte Mercedes kun je hem kwijt,' wijst mijn vader.

'Ik wil me nergens mee bemoeien,' zegt mijn moeder als ik mijn voorbereidingen tref om achteruit in te parkeren.

Ik zoek haar in de binnenspiegel op, schud mijn hoofd en wacht met parkeren.

'Wat is er met jullie twee aan de hand?' vraagt mijn vader.

'Mama wil dat ik vooruit inparkeer, toch, mam?'

'Waarom doet Kokindje dat niet gewoon? Dat is veel handiger.'

'Omdat ik dan schuin op de stoep kom. Alleen toegesnelde politiewagens parkeren schuin op de stoep en wij zijn niet van de politie, of wel soms?'

'Ik denk dat je het makkelijk redt, hoor.'

'Nou, ik denk het niet.'

'Kokindje heeft het roer in handen, schat.'

Nadat mijn vader alle verkeersborden heeft bekeken en de blauwe parkeerschijf voor de zekerheid achter de voorruit heeft gelegd, gaan we door een steeg op weg naar het kleine centrum. Hagedissen schieten weg over de muren, mussen schuilen in de koele gaten van de huizen die zijn opgebouwd uit grote brokken steen. Alles lijkt op instorten te staan.

'Je zal maar in zo'n krot wonen,' gruwelt mijn moeder.

Net vond je het allemaal nog zo waarachtig prachtig.

Het merendeel van de huizen staat leeg. Met Anna's vrienden fantaseerden we er weleens over dat we een slaapdorpje in Italië zouden opkopen. 'Dan is de een het ene jaar de bakker of de burgemeester en de ander het jaar erop.'

Op de stoep van een souvenirwinkel draait mijn moeder aan de ansichtkaartenmolens. Mijn vader gaat binnen op jacht naar een Nederlandse krant en wat postzegels voor opa's verzameling, waarvan hij eens heeft gezegd dat ik die later van hem moet gaan overnemen. Ik bekijk de toeristenprullaria. Rekken vol met zomerhoedjes, Franse stromanden, emmertjes, schepnetjes, krekels van keramiek, sleutelhangers met voornamen erop, armbandjes met *Anna* erop. In een klaprek mep ik de ingelijste posters van pop- en filmsterren uit de jaren tachtig om.

Mijn vader komt met een krant naar buiten.

'Alleen een *Telegraaf*, en ook nog van eergisteren.'

'Zou het hier in Charroux al bekend zijn dat Michael Jackson en Whitney Houston al jaren dood zijn?'

'Je moeder heeft laatst in bed een postkat geluisterd over haar dood.'

'Een podcast.'

'Wat?'

'Je zei postkat. Dat is een poes die de post rond brengt.'

Mijn moeder loopt de winkel uit en steekt een zakje met ansichten in haar handtas.

'Hier linksaf!'

Ze navigeert ons met haar telefoon naar een brocante. De ingang wordt gebarricadeerd door een roestige vélocipède met een rek aan het stuur. *Fermé*, staat er met sierlijke letters op het bordje dat aan de stang hangt.

'Gek. Het is toch gewoon dinsdag vandaag?' zegt mijn moeder.

'Maandag.'

'Ik dacht vanochtend dat het donderdag was,' mompelt mijn vader.

Als de week van mijn ouders een cd was, staan de dagen al een paar jaar op *shuffle*.

'Jongens, gaan jullie samen eens even leuk bij die oude fiets staan.'

Een stukje verderop blijkt ook de beroemde patissier gesloten. Mijn moeder staart door de etalageruit naar een koelvitrine. Ze ziet de prijswinnende kersenclafoutis die ze voor oom Piet en tante Marjo had willen meenemen.

'We kunnen die ruit moeilijk inslaan, mam.'

'Volgens Google zouden ze geopend moeten zijn.'

'Straks een nieuwe kans,' zegt mijn vader. 'Franse winkels gaan altijd later op de middag weer open.'

'Lieve mensen, er staat daar toch gewoon op de deur dat ze maandag dicht zijn?'

'Laten we straks voor de zekerheid toch maar even langslopen.'

Het terras van auberge Les Amis telt een tafel of tien. Bordeauxrode kleedjes, tot rozenknoppen gevouwen linnen servetten. Het ziet er gemoedelijk uit. Tussen de tafels staan grote bloempotten met vruchtrijke tomatenplanten en citroenbomen.

'Wat een oase,' zegt mijn moeder genietend.

We bekijken de menukaart op een standaard aan de straatkant. Vanaf het terras klinken eetgeluiden; het rustgevende, zomerse getik van messen en vorken op borden.

Terwijl mijn ouders het *menu du jour* overwegen ('dan haal je die tomaatjes er toch gewoon uit') loopt een jong hoogblond gezin zo vanuit een televisiereclame het terras op. Moeder, vader, zoon, dochter.

'Nee toch, Nederlanders,' fluistert mijn moeder.

Alsof wij en de plaatselijke bevolking de enigen zijn die recht hebben op Frankrijk.

De kinderen klimmen op de stoelen. De vader zet een servet als een matrozenmuts op zijn hoofd. De kinderen lachen, de moeder lacht. Die van mij steekt drie vingers op naar een ober die ons verwelkomt.

'BONSJOUR! AVEE VOE UUN TABLE POUR TRWÂ?'

'Nu weten zij ook dat wíj Nederlanders zijn,' fluister ik tegen mijn vader.

'Wat?'

'Niks, laat maar.'

We krijgen een tafeltje toegewezen naast een tomatenplant.

'Zo, hèhè.'

Mijn moeder laat haar ansichtkaarten rondgaan. De skiënde bergmarmot is voor de buren.

Ik staar naar het Nederlandse gezin. De kinderen drinken cola met ijs. De moeder nipt van haar wijn, de vader neemt een slokje bier. Mijn vader beweegt met zijn vinger een halfrijp tomaatje op en neer.

'Ze moeten deze plant als de wiedeweerga dieven, anders verpietert-ie.'

De taarten op de menukaart komen tot mijn moeders vreugde van de beroemde patissier. Mijn vader verklapt niet wat hij gaat nemen. Dat doet hij al zolang hij mijn vader is en hij geniet daar nog altijd van. Geheimpjes zijn het leukst als ze kort duren, zei hij eens.

Een vrouw met kleine blonde krullen, een piercing in haar neus en tatoeages op haar beide armen neemt onze bestelling op.

'Doet u mij maar een lekker stukje taart van de patissier,' zegt mijn moeder.

'Ik denk dat je dat even in het Frans moet zeggen, mam.'

De serveerster glimlacht om het misverstand. Ze somt het aanbod van de patissier op. Mijn moeder gaat voor de tartelette met meringue, of nee, doe trouwens toch maar de clafoutis.

'*Et monsieur?*'

'Pap?'

Mijn vader staart glunderend voor zich uit. Hij neemt

de tijd om zijn geheim prijs te geven.

'*Pour monsieur une Flámmkuchen avec lardonnetjes!*'

'Toe maar, met spekjes,' zegt mijn moeder.

De vrouw noteert zijn bestelling. Ik kijk naar haar armen. Een vogel op een tak, een raaf, zo lijkt het, en een verwelkte rode roos. Een vrouw met een verhaal. Ze glimlacht naar me als ze het vierde couvert wegneemt. Ik voel me machteloos in de buurt van mijn ouders, in ieder geval niet in staat tot flirten of iets wat daar bij in de buurt zou kunnen komen.

'*Madame, madame!*' roept mijn moeder haar een paar minuten later terug.

'Doet u mij toch ook maar die Flammkuchen, dus niet de tartelette met meringue.'

'U bedoelt de clafoutis?'

Die bedoelt mijn moeder. En of de serveerster toevallig weet of de patisserie vanmiddag is geopend. Ze gaat het binnen even vragen.

'Vlotte meid, wel een tikkeltje ordinair. Iedereen is tegenwoordig maar behangen met van alles en nog wat.'

'Helaas,' zegt de serveerster als ze terugkeert.

Mijn moeder informeert naar de prijs van een hele clafoutis, maar die blijkt hier in het restaurant dubbel zo duur als de taart die ze door de etalageruit had gezien.

Ze overlegt kort (heel kort) met mijn vader en besluit om twee stukken te laten inpakken.

'Wat heb jij eigenlijk genomen, Kokindje?'

'Pasta met venkel.'

'Dat vind jij toch helemaal niet lekker?'

Mijn vader wenkt een ober.

'Schat, snel, wat is dieven in het Frans?'

Alleen thuis

Mijn ouders zijn naar een brocante een paar dorpen verderop. Ze stonden al vroeg aan mijn bed, maar ik kon het even niet meer opbrengen. Mijn moeder heeft beloofd om wat aparts voor me mee te nemen, iets typisch Frans voor in mijn appartement in Diemen. Om twaalf uur moet ik klaarstaan. Dan rijden we met z'n allen naar de camping om op de koffie te gaan bij mijn oom en tante. Of ik alvast de afwasmachine wilde aanzetten. En je hoeft dat blokje dus niet uit het plasticje te halen, dat lost vanzelf op in het water. De grote draaiknop op de eco-stand en op start drukken. Zal ik het even opschrijven? Als je nog van plan bent om weg te gaan, doe je dan de deur goed op slot? Er ligt een reservesleutel op de buffetkast in de eetkamer. O ja, als je gaat douchen wil je voortaan als je klaar bent de kop naar beneden schuiven, je vader en ik moeten telkens op onze tenen staan.

Seks in bosjes met HITSIGE buurmeid. Joyce tilt haar rokje op. Buurman, wat doet u nu? Bel de KLAARKOMLIJN 0906-6969.

Het is rond elven als ik tijdens mijn ontbijt per ongeluk opgewonden raak van een seksadvertentie in *de Telegraaf*. Als een puber die alleen thuis is, handel ik ernaar. Ik gris een onderbroek uit mijn slaapkamer en begin me in de woonkamer achter een gordijn met zicht op de oprit af te trekken. Ik fantaseer over Anna. Vannacht droomde ik dat ze het met een ander deed, op een weide bij een zwembad, en dat beeld brengt me tot een hoogtepunt. Ik verstop de onderbroek onder mijn bed, ruim de afwasmachine in en zet koffie.

Boven de vlinderstruiken in de tuin is het een komen en gaan. Tientallen vlinders als opwaaiende papiertjes, honingbijen, dikke hommels. Ik kijk ernaar vanaf een ligbed dat ik in het gras heb uitgeklapt. Ik doe mijn ogen dicht, snuif de kruidige geur van de bloemen op en zie mezelf met mijn broek op mijn enkels op mijn oude slaapkamer liggen. Het Bijenkorf-magazine van mijn moeder opengeslagen op de lingeriepagina. Vanwege Club Paradise had ze een afkeer van alles wat met seks te maken had, dus ze deed de deur snel weer dicht. Ze heeft er nooit over gesproken.

Binnen gaat er een telefoon over. Het is die van mijn vader. Een Nederlands nummer op het display. Had Anna niet ook 34 aan het einde? Ik neem op. Het blijft stil.

'Anna?' probeer ik voorzichtig. 'Ben jij het?'

'Ja, hallo, met Wim hier. Morgen half tien, baan zeven. Neem jij de ballen mee?'

'Dag, u spreekt met de zoon van mijn vader.'

'Wablief?'

'Zijn zóón, we zijn op vakantie.'

'Het is toch niet wáár! Wim hier. Wim Vullings!'

'Dag meneer Vullings, is me dat even geleden.'

'Dat kun je wel stellen. Hoe gaat het met je? En met je studie?'

'Dat is alweer jaren geleden. Ik werk tegenwoordig aan de fac...'

'Weet je nog dat de brandweer hier uit het dorp Jasper en jou uit de klimboom moest komen redden?'

'Dat weet ik zeker nog. Hoe is het met...'

'Ans, moet jij eens raden wie ik hier aan de lijn heb.'

'Nee máár, jongen toch, wat een verrassing!'

'Dag mevrouw Vullings, hoe gaat het met u?'

'Ik zie Jasper en jou nog in die iep zitten. Twee arme katjes. Je hebt vast al gehoord dat hij voor zichzelf is begonnen? Ik weet zeker dat hij het leuk vindt om contact met je te hebben.'

'Nou, ik weet niet of ik...'

'Hij is vanavond thuis. Nul zes, en dan 42, 61, 36, 13. Dus 13 aan het einde. Heb je dat? Hier is Wim weer.'

'Dat dacht ik wel,' roept mijn moeder als ze uitstapt en het ligbed ziet staan. 'Die ligt vast te luieren. Kom, help eens een handje.'

De achterbank staat vol met spullen. Een porseleinen waterkan, vazen, een hanglamp, een schilderij van een berg, twee kandelaars.

'Hoe gaan jullie dat allemaal meenemen naar Nederland?'

'Dat moet je aan je moeder vragen, die kreeg het weer eens op haar heupen.'

'Overdrijven is ook een vak.'

'We geven vanmiddag gewoon wat aan Piet mee, hoor,' zegt mijn vader.

'Dan moeten we daar thuis zeker weer langs, mooi niet.'

'Nou, dan mag jij Kokindje vertellen dat hij met de trein terug naar Nederland moet.'

'Hebben jullie ruzie?'

'Ach, je vader.'

Ik pak een doos uit de auto.

'Voorzichtig,' roept mijn moeder, 'daar zitten glazen in.'

'Jullie hadden nog niet genoeg glazen?'

'Échte Franse wijnglazen.'

Ze begint alles uit te stallen.

'En kijk, voor in je nieuwe huis een paar gouwe ouwe om priklimonade uit te drinken.'

Ze zet drie doffe merkglazen op de terrastafel neer.

'Coca-Cola, Orangina en Sweps.'

'Schweppes.'

'Sweps, ja. Leuk toch, voor als je een feestje hebt, of zo.'

Mijn vader draagt een oude atlas en een gebutste zinken gieter naar binnen.

Over een paar jaar brengen ze de helft van al deze aankopen naar de kringloopwinkel in het dorp. Mijn vader snuffelt daar elke week naar buitenkansjes. Het is wachten op de dag dat hij thuiskomt met iets wat hij er zelf ooit heeft afgeleverd.

Mijn ouders hebben amandelbrioches meegenomen en we lunchen nog even voordat we naar de camping rijden.

'Wim Vullings heeft trouwens gebeld.'

'O.'

'Hij wilde tennissen maar ik heb gezegd dat je met vakantie bent.'

'Ah.'

'Weet je nog, mam, dat Jasper en ik niet meer uit die boom durfden te klimmen en dat de brandweer moest komen?'

Mijn moeder knikt zuinig en staart kauwend voor zich uit naar de tuin.

'Zeg, we hóéven niet naar die twee toe te gaan, toch?'

'Een uurtje houden we wel vol,' zegt mijn vader.

'Waarom gaan jullie in 's hemelsnaam elk jaar met vakantie waar Friet en Mayo óók met vakantie gaan?'

'Dat doen we niet. Zíj komen elk jaar naar waar je moeder en ik naartoe gaan.'

'En jullie kunnen geen nee zeggen?'

'Het is nog altijd je moeders broer.'

'Ja, dus?'

'Dat zul je later vast wel begrijpen als je een eigen gezin hebt.'

'Wat vind jij ervan, mam?'

'Als iemand dit laatste restje jus nog even neemt, dan is het pak leeg.'

De camping

Mijn moeder heeft een doosje met de taartpunten clafoutis op schoot. In het dorp snijdt mijn vader een rotonde scherp aan.

'We hoeven niet met de trein mee.'

'Zo hard ging het niet.'

'Ik zeg het alleen maar. Straks ligt het gebak overhoop.'

We slaan af bij een groot reclamebord van de camping met daarop een zonnig meer met waterfietsen en palmbomen afgebeeld.

'Drie sterren,' mompelt mijn moeder, 'het mocht allemaal weer wat kosten.'

We rijden voorbij een stellage met butagasflessen, een voetbalveldje, een speeltuin. Bij het zien van ons gele nummerbord steekt een enkeling zijn hand op. Mijn moeder wuift vaderlandslievend terug.

'En nu rijdt-ie ineens weer trager dan traag.'

'Het is een camping, schat, ik kan hier moeilijk plankgas geven.'

'We kunnen net zo goed gaan lopen.'

'Als ik harder ga dan komt er steenslag tegen de lak.'

'Kijken jullie allebei toch eens wat een práchtige klaprozen in de berm,' zeg ik.

We speuren de kampeerplekken tussen de scheidingshagen af naar de camper van mijn oom en tante.

'Dat ding moet toch niet te missen zijn.'

'We waren hier net ook al.'

'Daar zal je ze hebben,' zegt mijn vader.

Oom Piet en tante Marjo zitten onder een luifel voor een ruimteschip van een camper. Ze komen overeind uit hun stoelen en lopen ons zwaaiend tegemoet.

'Laten we het alsjeblieft gezellig houden,' zegt mijn moeder als mijn vader de motor afzet.

De maskers gaan op. Het toneelstuk kan beginnen.

'Welkom, welkom, hebben jullie het een beetje kunnen vinden!'

'*Bonjour*, Piet!'

De broer van mijn moeder is nog altijd een bonk van een vent met een goudbruin gezicht dat glimt als een gebraden haantje. Net als mijn moeder dompelt hij zich het liefst elke dag onder in een stortbad van zonlicht. 'Als je bruin bent dan maak je veel meer indruk op de meisjes, jongen,' had hij eens tegen me gezegd toen hij onder zijn zonnebank in Club Paradise vandaan kwam. Tegenwoordig kan je schoenen van zijn huid maken. Oom Piet heeft al tal van behandelingen tegen huidkanker moeten ondergaan. Hij is samen met zijn dermatoloog oud geworden.

Hij begroet me net als vroeger met boksbewegingen.

'Daar hebben we onze Messias! Je stond er mooi op hoor, daar in dat kerkje.'

'Dag oom Piet.'

Hij knijpt mijn hand fijn, maar ik knijp terug.

'Kijk aan. Een echte vent geworden.'

Mijn moeder krijgt een afstandelijk tikje op haar schouder.

'Gezellig dat jullie er zijn, zusje.'

Tante Marjo komt in een luchtig hemd op me af.

'Wat ontzettend *smak* leuk om jou *smak* weer eens te zien *smak*.'

De nicotinekikker zit nog altijd in haar keel.

'Laat me eens naar je kijken. Geen spat veranderd hoor.'

'Nou, u bent anders ook niets veranderd.'

Haar glanzende, zwartgeverfde kapsel maakt haar gezicht bleek van het ongezondste soort. Ze had vroeger elk seizoen een andere haarkleur. In de zomer meestal een coupe soleil. Ik herinner me haar gouden kettingen, de panterlegging die ze op verjaardagen droeg. Oom Piet had haar bij de boksbal op de kermis in Venlo ontmoet. Een kermisvrijer, noemde mijn moeder haar.

Tante Marjo opent het doosje met de kersenclafoutis.

'Een prijswinnend taartje,' zegt mijn moeder.

'Hoeven jullie zelf niet?'

'Ik dacht, we delen ze door vijf.'

De vrouwen halen servies uit de camper, de mannen maken een rondje om de Renault. De rollen zijn meteen verdeeld.

'Daar is die rode Ferrari dan eindelijk,' zegt oom Piet.

'Niets meer dan een vervoermiddel om van A naar B te komen,' mompel ik als ik een stukje de zanderige campingweg op loop.

'Niets meer dan een vervoermiddel om van A naar B te komen, Piet.'

De zon schijnt uitbundig, de lucht is strakblauw. Het is de warmste dag tot nu toe. Achter een haag klinkt het ketsen van petanqueballen. Een wielrenner vult zijn bidon onder een kraantje en bij het sanitairgebouw staat een jonge vrouw af te wassen. Ze draagt een zalmroze hemd. Aan haar benen hangen een jongen en een meisje, loom en verveeld. Hun vader zal ongetwijfeld bij de caravan zitten. Ik bekijk een boekenkastje in de berm. Franse boeketreekjes, twee keer *Joe Speedboot*.

Als ik terugkeer zit tante Marjo gehurkt in het gras met een melkschuimbeker tussen haar benen. Ze trekt het zeefje hardhandig op en neer alsof het schuim met het grondwater mee naar boven moet komen. Anna vroeg me weleens of ze zelf niet toevallig ook in een van de kamers van Club Paradise had gewerkt.

'Piet, schuif jij de luifel eens wat verder uit.'

We gaan aan tafel zitten.

Mijn vader doet drie schepjes suiker in zijn koffie.

'Op vakantie mag hij suiker,' zegt mijn moeder, 'thuis doen we gewoon weer zoetjes.'

'Ik mag haast niks meer, Piet. Het einde is nabij.'

Ze lachen alle vier.

De vrouw in het zalmroze hemd wandelt met een afwasteil en haar twee kinderen voorbij. Haar slippers klappen tegen haar voetzolen. Over haar schouder ligt een theedoek. Ze glimlacht en groet ons in het Nederlands.

'Die staat hier verderop in zo'n oude kampeerbus,' fluistert tante Marjo. 'Een vrouw alleen, daar heb ik altijd veel bewondering voor.'

Dus geen vader. Ik zie mezelf meteen bij ze aansluiten. De kinderen op mijn nek nemen, een buikglijbaan maken van tentzeil en afwasmiddel.

Alles liever dan hier aan tafel zitten.

'Kokindje, verdeel jij de clafoutis met dit mes eens even mooi in vijf stukken.'

Ik halveer de twee punten.

'Nemen jullie maar, ik heb geen trek.'

'Dat is ook een oplossing,' zegt mijn vader.

Tante Marjo steekt een sigaret op. Ze kijkt me onderzoekend aan. Mijn moeder wappert de rook boven tafel weg.

'Bijna veertig was het, toch?'

'Tweeënveertig.'

'En dan met die twee op reis. Dapper hoor.'

'We hebben het anders heel gezellig,' zegt mijn moeder.

'Tweeënveertig, dat is al bijna vijftig,' zegt oom Piet waarna hij van zijn koffie slurpt.

Wat doe ik hier? Ik voel het net rondom me sluiten. Elke seconde aan deze tafel is er een te veel.

'Als hij het zo leuk vindt om met twee bejaarden op pad te gaan, mag hij ook weleens met ons mee, toch, Jo?'

'Jazeker, plek zat.'

'Ik verbaas me er altijd weer over wat een enorm gevaarte dat is,' zegt mijn vader.

'Dat zei mijn vrouw vannacht ook!' roept oom Piet en hij stoot mijn vader aan.

Mijn vader glimlacht zuinig. Hij heeft altijd een hekel gehad aan de boertigheid van Piet.

'Vorig jaar zijn we er door de bergen helemaal mee

naar de Italiaanse Dolemieten gereden,' zegt tante Marjo.

'Dolomieten,' corrigeert mijn moeder.

'Dolemieten, Dolomieten, wat kan mij dat nou schelen?'

'De Tour!' realiseert mijn vader zich. 'Hebben jullie wifi hier?'

Oom Piet barst uit in een bulderlach.

'Alleen als Jo d'r haren niet verft! Die zat gisteren in de camper met haar nieuwe zwarte coupe in aluminiumfolie gewikkeld de hele avond het signaal te verstoren.'

'Ja, ja, nou weten we het wel.'

Ik moet hier weg. Het maakt niet uit hoe.

'Vandaag komen ze aan op l'Alpe d'Huez,' zegt mijn vader. 'Die heeft ons Kokindje ook nog beklommen, tot zijn vriendin hem heeft moeten redden.'

'Dat is wáár ook, we hoorden dat je relatie voorbij is,' zegt tante Marjo. 'Al heb je die Anne al die jaren goed voor ons verborgen gehouden.'

'Anná,' zegt mijn moeder op licht geërgerde toon.

'Hè, wat?'

Tante Marjo blaast de rook van haar sigaret richting mijn moeder uit.

'Ze heette Anna,' zegt mijn vader kalm.

'Heette, heette, ze is nog niet dood,' zegt mijn moeder waarna ze overdreven kucht en wappert. 'Maar ik nu wel bijna.'

'Heb je al een nieuw slachtoffer op het oog?' vraagt oom Piet.

Ik wrijf met mijn handen over mijn gezicht.

'Wat ga je doen?' vraagt mijn moeder als ik opsta.

'Even richting het meer of zo.'

Bij een kruispunt achter het sanitairgebouw staat een bord dat aangeeft in welke richting moet worden gevlucht bij de doorbraak van een stuwdam verderop. Een pijl eronder wijst de route naar het *Lac.*

Het is druk aan het water. Kinderen rennen elkaar joelend achterna over een klein strand. Een slinger van boeien markeert het zwemgedeelte, ballen vliegen door de lucht. Aan de oever ligt een vloot kajaks en surfplanken. Ik ga op een zwerfkei zitten en staar naar een gezin op een rode waterfiets midden op het meer. Vader, moeder en een jochie met opblaasbandjes. Ik voel de drang om Anna een onschuldig bericht te sturen. Dat kan vast geen kwaad. Gewoon om te vragen hoe het gaat. Hoorde trouwens van mijn moeder dat de esdoorn weg is. Veel zon in de tuin zeker nu? Ik haal mijn telefoon tevoorschijn, stop 'm weg, pak 'm weer.

Als je het maar laat! Er bestaat niet zoiets als een onschuldig bericht uit het niets. Dat is een oerknal. Alles begint opnieuw en dat wil je niet. X

Het kind met de opblaasbandjes beweegt de stuurstang van links naar rechts, maar er gebeurt niet veel zolang zijn ouders de benen stilhouden.

'Je wordt pas een mens als je ouders komen te overlijden,' zei Anna eens tegen me. 'Dan pas sta je écht aan het roer van je eigen leven, maak je keuzes, is er een afgrond.'

Anna had makkelijk praten. Haar ouders waren allebei vroeg gestorven. Ze was al zo veel verder dan ik, een onoverbrugbare achterstand.

Alles ís hier al opnieuw begonnen. Zal ik mijn ouders dan maar vermoorden?

Twee vrouwen slepen een surfplank het water in. Ze gaan er samen op staan en balanceren alsof ze koorddansen boven de afgrond van de dood. Schaterlachend vallen ze in het water. Ze geven elkaar een kus.

Als je ze wilt laten verdwijnen, voer ze dan aan de varkens. Dat zagen Gijs en ik gisteren in een film. Die eten ze met bot en al op!

De middagzon brengt mijn verbeelding op temperatuur. Ik zou ze straks alle vier in de grote witte Knaus opsluiten, de gaskraan opendraaien, een sigaret van tante Marjo opsteken en die door het tuimelraampje mikken. Terwijl ik fantaseer over hoe het ruimtegevaarte als de Challenger explodeert, hoor ik achter me het flapgeluid van slippers. De moeder in het zalmroze hemd wordt geflankeerd door haar kinderen. Ze draagt een strandtas waaruit de handvatten van twee plastic scheppen steken.

'Je lijkt de meermin uit Kopenhagen wel, zo op die kei.'

Ik zet een hand aan mijn voorhoofd tegen de zon en glimlach dromerig.

'O, hallo.'

Ze blijft staan.

Ze blijft staan.

'Net aangekomen hier?'

'Ja, of nee, we zijn op bezoek bij mijn oom en tante.'

Ik erger me meteen aan hoe kinderachtig dat klinkt, *mijn oom en tante.*

'Ik zag jullie zitten, inderdaad.'

'Ik ben met mijn ouders op reis.'

Alle kaarten gewoon maar op tafel. Wat maakt het uit.

'Hoi, ik ben Tess.'

'Hai, ik ben...'

'Kokindje!'

Mijn vader staat een eindje verderop. Hij zwaait.

'We gaan zo proosten op je moeder!'

Ik steek een vluchtige arm op om te laten merken dat ik hem heb gehoord en hij keert weer om.

'Je vader.'

'De enige echte.'

'Mama, zwemmen.'

'Mama praat heel even met deze meneer.'

Ik glimlach naar haar kinderen.

'Staan jullie op een camping in de buurt?'

'We hebben een huisje net buiten het dorp.'

Tess strijkt een lok achter haar oor, een beweging die door de warmte lijkt te worden vertraagd. Ze heeft een lang smal gezicht met zachte bruine ogen die passen bij haar bruine haar. Ik heb geen idee hoe ik er zelf uitzie hier op die rots. Ik heb al een week niet in de spiegel gekeken.

'Je hebt me je naam nog niet gezegd.'

'Mama!'

Als blikken konden doden hadden haar kinderen me

nog eerder omgelegd dan ik mijn ouders aan de varkens kon voeren.

'Geen houden meer aan,' zegt Tess. 'Kom zo anders ook nog even zwemmen!'

'Heb je je vakantievriendinnetje niet meegenomen?' roept oom Piet.

'Toe, schei uit,' zegt mijn moeder. 'We zijn nog lang niet over Anna heen.'

De rosé staat op tafel.

'Kokindje en de meisjes, nou, die vlam zat al vroeg in zijn broek.'

'Wat bedoel je?' vraagt mijn moeder.

Tante Marjo pakt een sigaret, knijpt het lege pakje fijn en werpt het losjes op tafel waar het karton zich weer langzaam uitzet.

'O, gewoon. Piet, pak een glas voor die jongen.'

'Liever geen rosé voor mij.'

'We hebben ook chardonnay. Of Kronenbourg? Iets fris?'

Mijn kaken doen pijn van de voorkomendheid. Ik kan het niet meer, hier aan deze tafel. Dit is het toneelstuk van mijn ouders, niet dat van mij.

'Om eerlijk te zijn ga ik liever zwemmen, ik heb alleen niks bij me.'

'We hebben nog wel een zwembroek van Piet, kom maar even.'

'Kennen jullie die van die olifant en de muis die gaan zwemmen?'

Oom Piet draait zich geamuseerd om naar mijn vader.

'Een olifant en een muis gaan zwemmen in zee. De muis gaat als eerste. Op een gegeven moment roept de olifant naar de muis: zeg muis, kom jij het water eens uit. Nu, dus die muis het water uit. Roept de olifant: o nee, laat maar, ik dacht even...'

Tante Marjo sluit de deur van de camper. Het ruikt er naar luchtverfrisser en schoonmaakmiddel, een weeïge synthetische geur die me weer op de bedrand bij Daisy brengt.

'Haha, die is sterk!' hoor ik oom Piet buiten bulderen. 'Ik dacht even dat je míjn zwembroek aanhad. Kostelijk!'

De binnenruimte is riant. Een zithoek met een televisie, een keuken groter dan die in Diemen, een kingsize bed. Op het blinkende aanrecht, dat wordt beschenen door spotjes in het plafond, ligt een opengescheurde slof sigaretten. Tante Marjo rommelt in een bovenkastje. Ze werpt een badhanddoek en een blauw zwemshort op bed en blijft ongemakkelijk tegenover me staan. Ze kijkt me aan alsof ze me iets wil zeggen en verlaat de camper.

In mijn blote buik loop ik het opstapje af.

'Kom maar naar beneden en sla je slag!' roept oom Piet.

'Wat een hunk,' zegt tante Marjo. 'Je vraagt je toch af wat die Anne heeft bezield.'

Mijn moeder pakt een fles zonnebrandcrème uit haar handtas.

'Laat mij je rug even doen.'

'Zo, en waar is de ophaalbrug?'

Tess kijkt verbaasd op, ik meen zelfs wat geïrriteerd.

Stom, stom. Dit had je niet moeten doen. Griezel in je veel te ruime blauwe zwembroek.

'Hé, daar ben je weer!'

Pfhew.

Ik hurk naast het zandkasteel.

'Wat een mooi bouwwerk.'

'Mama, wie is die meneer?'

'Dit is, ja wie is dit eigenlijk? Kokindje, was het toch?'

Ze glimlacht plagerig. Ik stel me voor aan haar kinderen.

'Gefeliciteerd trouwens met je moeder.'

'Is jouw moeder jarig?' vraagt haar dochter Kim terwijl ze met haar wijsvinger kantelen drukt in een verdedigingsmuur van het kasteel.

'Eergisteren was ze jarig.'

'Ik ben al bijna zes.'

'Wij hebben deze week een echt kasteel gezien,' zegt haar broertje Sam. 'Nu bouwen we het na, met kanonnen.'

'Zo, zo.'

'Misschien wil deze aardige meneer jullie straks wel even helpen.'

Ik spreid mijn handdoek naast die van Tess uit. De kinderen beginnen aan een gracht richting het meer.

'Ze hebben het hier altijd naar hun zin. Derde jaar alweer.'

'Waar komen jullie vandaan?'

'Uit de buurt van Amersfoort. Jij?'

'Diem... Amsterdam.'

'Zozo, een man uit de hoofdstad.'

Een man, ja, dat is godver wat ik ben.

'Verloofd, getrouwd, kinderen?'

'Nee.'

'Jij?'

'Alleen die twee engeltjes voor mij.'

We staren naar haar kinderen. Met hun schepjes diepen ze de gracht uit. Het is lang geleden dat ik zo dicht bij een onbekende vrouw ben geweest. Ik kijk vanuit mijn ooghoek naar de glinstering van de zon op haar lijf. Ze is bruiner dan Anna. Ik ruik haar kokosachtige zonnebrandolie.

'Maar, met je ouders op reis, dus.'

'Voor het eerst weer eens. En voor het laatst.'

'O, is het niet gezellig?'

'Nee, dat is het niet. Of, nou ja.'

'Ik vraag misschien te veel. Jongens, jullie moeten de gracht dieper maken anders komt er geen water in.'

Ik stel me voor hoe we terug in Nederland uit eten zouden gaan, dat ze na afloop met me mee naar huis wil en bij binnenkomst een dromerig rondje draait in het midden van mijn prachtig ingerichte woonkamer, als een ballerina in een muziekdoosje.

Ik moet weg uit dat donkere hol in Diemen.

'Ik zal die twee eens even gaan helpen. Enig idee wie het Suezkanaal heeft uitgegraven?'

Ik tik met mijn wijsvinger op mijn borst.

'Dat méén je niet!'

Ze giechelt en raakt mijn knie heel even aan.

Ik hoor mijn moeder dwars door de scheidingshagen tekeergaan.

'Jazéker is daar een woord voor, maar dat kan ik momenteel niet uit mijn strot krijgen.'

'Oei,' zegt Tess, 'klinkt alsof ze ruzie hebben.'

We hebben telefoonnummers uitgewisseld en afgesproken om elkaar na de vakantie in Nederland op te zoeken. Als we afscheid nemen en ze met Sam en Kim naar haar kampeerwagen loopt, draait ze zich nog even met een brede glimlach om.

'Je bent leuk met kinderen, Kokindje.'

Haar woorden galmen nog een tijdje na, maar als ik de camper nader, maken ze plaats voor het lawaai aan de andere kant van de haag.

'Bedoel je soms pooiers?' klettert het uit de mond van tante Marjo. 'Zeg het gerust in mijn gezicht, hoor. Ik kan het hebben. Pooiers, souteneurs, *you name it*.'

'Hij was dertien!' roept mijn moeder.

'Vijftien,' zegt mijn vader. 'Toen pa stierf was Kokindje vijftien.'

'Vind je het gek dat de vrouwen hem verlaten,' roept tante Marjo met overslaande stem. 'Die jongen belt eerst zijn moeder en dan pas 112!'

'We hebben hem destijds gewoon wat van het leven laten proeven, zusje. Zo ging dat wel vaker in Paradise. Maak er toch niet zo'n punt van. De zon schijnt, de rosé is koud.'

'Als jullie zelf kinderen hadden, zou je het snappen.'

'Rustig, schat,' sust mijn vader. 'Laten we daar nu maar even niet over beginnen.'

Tante Marjo had tweemaal een miskraam gekregen,

dat had ik in de jaren tachtig boven aan de trap opgevangen.

Ik stap in volle vaart achter de haag vandaan. De maskers worden vlug weer opgezet.

'Kijk, daar is onze waterrat,' zegt mijn vader.

Mijn moeder zet haar bril af, wrijft in haar ogen en zet de bril weer op.

Tante Marjo werkt haar oogschaduw bij in het scherm van haar telefoon. Op tafel steekt een peuk in een stuk clafoutis.

'We stappen zo maar weer eens op,' zegt mijn vader. 'Dan zijn we nog op tijd voor de slotklim.'

De televisie in het vakantiehuis blijft die namiddag en avond aan. Een Spanjaard heeft de etappe gewonnen. We kijken naar het gekeuvel van Franse wielerjournalisten, het journaal en naar het aansluitende weerbericht, dat regen en wind voorspelt.

Na een lichte maaltijd met salade en brood zoeken we onze slaapkamers op.

'Ik wil het er niet meer over hebben,' hoor ik mijn moeder besluiten als de lichten al een tijdje uit zijn.

Ik vraag aan Merel of zij het vroeger leuk had gevonden om nog dezelfde dag een bericht te krijgen van een man die ze net had ontmoet.

Rustig aan, tijger. Ze loopt niet weg. Maar Gijs en ik zijn blij voor je. X

Binnenweer

'Dat vervelende vliegtuigje staat er weer,' zegt mijn vader.

Hij zit in een fauteuil in de woonkamer.

'Jij ook een bijzonder goedemorgen, pap!'

'Ik heb nergens op gedrukt maar ik krijg dat ding met geen mogelijkheid weg.'

'Geef maar even hier.'

'Is dat Kokindje?' roept mijn moeder vanuit de keuken.

'Morgen, mam!'

'Lust je een of twee eitjes?'

Ik open mijn vaders telefoon.

'Zeg, pap, waarom heb je niet gewoon verteld dat je nog met Anna aan het Wordfeuden bent?'

'Hè, wat?'

'Maakt verder niet uit hoor.'

'EEN OF TWEE, ZE MOETEN NU IN HET WATER!'

'Een is genoeg!'

'O, ik wist niet dat je dat vervelend zou vinden.'

'Je had het op zijn minst kunnen zeggen.'

'Ja, dat had ik misschien even moeten doen.'

Laat gaan, had Merel gezegd. Je ouders kunnen haar gewoon nog niet loslaten.

'Ik praat verder niet met haar, of zo. We spelen alleen af en toe een potje.'

'Hier, de vliegtuigstand is eraf.'

'Ik zal het spel nu meteen afbreken.'

'Nee hoor, jullie doen maar.'

Ik verbaas me erover hoe weinig het contact tussen mijn vader en Anna me doet. Ik heb vanochtend tijdens het wakker worden zelfs voor het eerst niet aan haar gedacht. Zij gaat door met haar leven, ik met dat van mij. Zo licht en eenvoudig voelt het ineens. Ik ben weer baas over mijn leven.

'Dek jij de tafel,' roept mijn moeder.

Tijdens het ontbijt klinkt een aanhoudend gerommel uit de heuvels. Het weer is omgeslagen en al snel gutst de regen op het terras.

'Gelukkig zitten we binnen met een eitje,' zegt mijn vader.

'Want een eitje dat verblijdt je,' zeg ik.

'Hoe kom jij ineens zo vrolijk?'

'Och, niets.'

Ik denk aan Tess met de kinderen. De regen gezellig op het dak van haar kampeerwagen, spelletjes, joggingbroek. In die situatie was ik op mijn best geweest. Maar Merel had gelijk, ik moest geduld hebben.

'Je zal met dit weer maar op een camping zitten,' zeg ik tegen mijn moeder.

'Nou, net goed.'

'Schat,' zegt mijn vader afgemeten.

Ik ruim de tafel af en zet de borden in de afwasmachine.

'Wanneer leer je nou toch eens dat het handiger is om de messen en vorken apárt te houden. Dat ruimt straks veel makkelijker uit.'

'Of ik ze nú sorteer of straks bij het leeghalen, dat maakt toch geen verschil?'

'Daar heeft Kokindje een punt, schat.'

Omdat Buienradar geen verbetering laat zien, besluit mijn moeder dat het binnenweer is. Ze maakt het gezellig in huis. De lampen aan, tartelettes en madeleines op tafel, thee. We lezen en puzzelen in de woonkamer. Mijn vader twijfelt over het aansteken van de openhaard. Alles is aanwezig, een mand met hout, aanmaakblokjes, een blaasbalg, maar hij durft het niet aan omdat we niet zeker weten of de schoorsteen is geveegd.

'Basilicumsaus, vijf letters. Is dat oalie?'

Mijn moeder is als eerste op de plaats van het ongeluk.

'Aioli, bedoel je.'

'Aliloli – hoe schrijf je dat?'

'AI-OLI. Maar het is pesto.'

Dit kan alleen maar misgaan.

'Het is pesto, pap, het antwoord op je puzzelvraag is pesto.'

'Pesto past.'

'Pasta pesto.'

'Hè, wat?'

'Niks, laat maar.'

Een harde klap uit de tuin. We lopen naar het raam. Een windvlaag heeft de schuurdeur geopend. Mijn vader zet zijn zomerhoedje op en trekt zijn schoenen aan.

'Wie kan ik straks allemaal blij maken met een lekkere warme kop tomatensoep?' zegt mijn moeder.

Ik help haar gehaktballetjes draaien.

'Eerst je handen wassen.'

Ik rol het vlees tussen mijn handpalmen. Het is lang geleden dat ik naast haar aan het aanrecht stond.

'Mag ik straks ook de deeghaken schoonlikken?'

'O, maar ik ga niets mixen, hoor.'

'Weet ik, maar dat vond ik altijd zo lekker.'

'Net als postzegels. Opa gaf je soms een zegel en dan was je uren zoet.'

'Typisch Frans pokkenweer,' roept mijn vader in de deuropening als hij zijn bril droog veegt.

'Schoenen uit, anders krijg ik hier al die modder.'

Het ruikt overal in het huisje naar tomatensoep. Mijn moeder maakt de tafel gereed. Pepermolen, een mandje met stokbrood en een flesje Maggi, dat ze van huis heeft meegenomen. Ik til de pan soep uit de keuken. Mijn vader schept zichzelf als eerste op. Zijn bril beslaat van de damp.

'Niet meteen alle ballen eruit vissen.'

Hij giet er een sloot Maggi achteraan. Geen reis zonder dat flesje motorolie. Daarna sopt hij een snee brood tot op de bodem van zijn bord.

'In de naam van de Vader, de Zoon en de Heilige Maggi,' zeg ik.

Mijn vader slobbert het brood op.

'Ik dacht dat ik hier het kind was, pap.'

We lachen alle drie.

'Zeg, lieverd, dat grietje op de camping, vertel daar eens wat over.'

Daar had mijn moeder weer een uitstekend moment te pakken.

'Een vrouw, mam. Geen grietje. En ze heet Tess.'

'Misschien is het ook wel goed, hoor, iemand ter afleiding na al dat gedoe met Anna.'

'Hoe noemden ze dat laatst op tv ook alweer?' zegt mijn vader. 'Een rie, iets met rie...'

'Rebound,' vult mijn moeder aan.

'Zeg hou eens op, straks beginnen jullie ook nog over pandapunten.'

'Pandapunten?'

Daar gaan we. Hoe moet ik dit gaan uitleggen aan twee oudjes die een zegelactie van het Wereldnatuurfonds voor zich zien.

'Als studenten bij ons op de faculteit een week geen seks hebben, dan ontvangen ze pandapunten.'

'Wat een onzin,' zegt mijn moeder.

'Hoe moet je die punten dan verzilveren?' vraagt mijn vader.

De bedrijfseconoom in hem gaat nooit verloren.

'Het is meer een soort van status.'

'Maar ze heeft twee kinderen dus.'

'Ja, Sam en Kim. Uit Amersfoort komen ze.'

'Amersfoort,' mompelt mijn vader. 'Daar heb ik vroeger vaak tegen gepolood. Kom, hoe heette die club ook alweer.'

'Loop maar niet te hard van stapel, lieverd.'

Vanochtend in bed heb ik bedacht dat ik Tess morgen ga verrassen.

'Nee hoor, ik kijk wel uit.'

Aan het einde van de middag gaat mijn moeder in een buffetkast op zoek naar spelletjes.

'Wie heeft er zin in een potje Rummikub? O, kijk, Scrabble hebben ze ook.'

'Dat is Franse Scrabble,' zegt mijn vader.

'Dat maakt toch niks uit?'

'Pictionary! Dat heeft Kokindje vroeger voor sinterklaas gekregen.'

'Dat kan je niet met z'n drietjes spelen.'

'Tuurlijk wel.'

Mijn moeder begint de Franse speluitleg hardop te vertalen.

'BVEW '68!' roept mijn vader. 'Borst Vooruit En Werpen. Bestaat denk ik niet meer.'

Nog even wachten en dan wordt het vanzelf donker en gaan we slapen.

De hypermarché

De zon heeft zijn plek boven de Auvergne weer ingenomen. Mijn moeder veegt de terrastafel droog en we dragen het ontbijt naar buiten. Ik heb net als gisteren heerlijk geslapen. Het is een stralende dag en de lucht ruikt sterk naar vochtig gras.

'Gisteren was prima voor het gazonnetje,' zegt mijn vader alsof het zijn eigen tuin is. 'Maar vandaag zijn wij weer aan de beurt.'

'Je hebt je T-shirt binnenstebuiten aan,' zegt mijn moeder als ze met de broodplank en een pot Nutella achter me aan naar buiten loopt.

'Klopt! En vanavond ga ik een hele zak chips voor het avondeten naar binnen werken.'

'Hoera, eindelijk volwassen!' roept mijn vader. 'Nu kunnen we met een gerust hart met ouderschapspensioen.'

Mijn moeder lacht. Natuurlijk lacht ze, omdat ze weet dat het niet waar is.

'Wat staat er op het programma vanmiddag?' vraagt mijn vader terwijl hij een snee stokbrood met chocopasta besmeert.

'Kanoën!'

'Zeg, zie je je vader en mij nu nog in zo'n boot?'

'Geintje. Ik wil zo eerst even naar de camping.'

Mijn moeder kijkt vertederd naar mijn vader.

'Hij stond nog dezelfde avond bij me op de stoep. Weet je dat nog, schat?'

'Oranjesingel 358, twee hoog.'

'Nee, daar woonden we daarna. Niet je mes aflikken.'

'Was dat die kamer bij het station?'

'De schat had zonnebloemen voor me meegenomen.'

Ze raakt zijn hand even aan.

'Zo kan-ie wel weer, tortelduifjes.'

'Laten we vanmiddag boodschappen gaan inslaan,' zegt mijn moeder als de afwasmachine is ingeruimd en de koffie pruttelt op het aanrecht. 'Er zit een hypermarché op een kwartier rijden en ik heb een hele waslijst.'

Dat vindt iedereen een goed idee. Ik heb Merel beloofd om wat streekproducten mee te nemen en voor Gijs een Bleu d'Auvergne.

'Mag ik dan zo de auto eerst even mee?'

'Dat moet je aan papa vragen.'

Mijn vader heeft zich alweer in een kruiswoordpuzzel vastgebeten. Hij moet er elke dag één oplossen, anders ontploft de aarde.

De Uil van Venlo, zoals zijn leerlingen hem noemden, kijkt me scherp aan van boven zijn bril.

'Ik beloof je dat ik er maar een paar krassen op zal maken.'

'Vooruit, anders moet ik je straks weer ergens komen ophalen. Van de ene in de andere lesbische relatie stappen is volgens mij iets met lollepotten, maar ik kom er verdikkie nog altijd niet uit.'

'Lollepotten?'

'Dat is een oud woord voor lesbiennes,' zegt mijn moeder. 'Haal jij mijn beautycase van de badkamer, dan fatsoeneer ik je voor je weggaat.'

'Pas je op voor zijn oor,' zegt mijn vader als ik op een kruk op het terras ga zitten.

Mijn moeder bevochtigt mijn haar met een plantenspuit en knipt me rondom. Ik voel haar adem in mijn nek, haar borsten tegen mijn schouder.

Ze legt een pluk haar in een vakje van de beautycase.

'Je eerste grijze. Leuk voor later, ik heb je melktanden ook nog bewaard.'

Onder de douche werk ik mijn schaamhaar bij. Ik poets mijn tanden en wrijf een vinger aftershave van mijn vader in mijn nek.

Als ik achter het stuur van de Renault ga zitten werpt mijn moeder een plastic tasje met de zwemshort van oom Piet op de bijrijdersstoel.

'Hang die maar gewoon aan de deur van de camper. En wat ruik je lekker, Kokindje.'

Mijn vader geeft me de lelijke zonnebril van de sportwinkel.

'Een cadeautje voor haar kinderen.'

'Verpotten!' roep ik uit het raam als ik wegrijd.

Mijn vader steekt een vuist in de lucht en ik verlaat toeterend de oprit.

Bij het fruitstalletje zoek ik de geelste honingmeloen uit. Ik parkeer de auto bij de receptie, stop kauwgom in mijn mond en wandel de camping op. Onder mijn arm draag ik de meloen waarop ik de zonnebril heb gezet. Een grapje voor de kinderen.

Piet en Marjo zitten niet onder de luifel. Ik werp het tasje op tafel en loop snel verder. In de verte zie ik Sam en Kim. Ze spelen een balspel met twee andere kinderen. Tess zit bij haar kampeerwagen, een oranje Volkswagenbus. Op de stoel naast haar zit een lange man met donker haar, mijn leeftijd, misschien wat ouder. Ik duik weg achter een haag. De man beweegt druk met zijn armen als hij praat. Tess lacht. Ze raakt zijn knie even aan.

'Voyeurtje, voyeurtje, wie knabbelt daar aan mijn deurtje?'

'Sst.'

'Wat doe jij hier nou in de bosjes?'

'Niets.'

Tess komt overeind. Ze loopt de kampeerwagen in en de man volgt haar. Hij roept iets naar de kinderen en sluit de deur.

'Die vent staat hier verderop. Man alleen, twee kinderen. Hij was gisteravond ook met haar. Kom, dan zet ik een bakje koffie. Is je mams weer een beetje afgekoeld? We hebben haar een smiley gestuurd maar Piet zegt dat we niets hebben teruggekregen.'

Ik druk de meloen met de zonnebril in haar handen.

'Hier heb je je smiley.'

In het dorp stop ik bij een tabakswinkel. Ik koop een aansteker en een pakje Marlboro, het merk dat ik jarenlang rookte tot ik op de verjaardag van een gemeenschappelijke vriend, waar ik Anna voor het eerst zag, opving dat ze rokers haatte. Ik ga op de rand van de fontein op het dorpsplein zitten en steek met trillende handen een sigaret op. Merel is op het strand van Zandvoort. De wind blaast opdringerig door de telefoon. Ze roept dat we beter vanavond kunnen bellen.

De zon brandt op mijn gezicht. Waarom zou Tess ook. Een jongen met zijn ouders op vakantie. Ik steek de ene sigaret met de ander aan. De rook verschroeit mijn luchtpijp. Ik moet ervan kokhalzen, ik voel me draaierig en licht in mijn hoofd. Ik schrob mijn vingers schoon in het water van de fontein, stop drie kauwgumpjes in mijn mond en laat het pakje sigaretten achter.

'Was het niet gezellig?' doorbreekt mijn moeder de stilte als we in de auto onderweg zijn naar de hypermarché.

'Jawel, was oké.'

'Kies jij maar wat je wil eten vanavond, lieverd.'

Op het gigantische parkeerterrein van de supermarkt scant mijn vader een rij winkelkarren op achtergebleven munten. Natuurlijk doet hij dat. Alles wat hij doet is voorspelbaar. En als mijn leven zo doorgaat is het duidelijk wat er met mij zal gaan gebeuren. Ik zal geruisloos van een vrijgezel transformeren in een man alleen. Een man die zijn vaders postzegelverzameling en het ouderlijk huis overneemt tot er op een dag een bordje met te koop in de voortuin wordt gehamerd en ook de postzegels geen bestemming meer hebben. Ik moet iets veranderen.

Mijn vader neemt een winkelkar en ik loop achter mijn ouders aan door de schuifdeuren naar binnen. Ik ben ze meteen al kwijt en slenter door de gangpaden langs televisies en magnetrons, langs fietsbanden, bh's en rekken vol mayonaise. Ik staar een tijdje naar een aquarium, waarin krabben en kreeften in slow motion over elkaar heen buitelen.

Bij de fruitafdeling tref ik mijn vader. Hij trekt een plastic zak van de rol, stopt er acht reine claudes in en loopt naar de weegschaal. Daar haalt hij de pruimen uit het zakje, weegt ze af, stopt ze weer terug en plakt de prijssticker erop. Geen grammetje laat hij aan het toeval over.

Dit is niet hoe ik wil eindigen.

'Daar ben je. Je moeder zocht je al. Zoek jij wat lekkers uit voor de terugreis.'

Ik loop naar het gangpad met snoep en chocolade. Ik zag mezelf al in Amersfoort wonen, Kim achter op de fiets naar school brengen. Thuiskomen met een kerstboom over mijn schouder.

Twee meisjes kijken toe hoe ik willekeurig wat zakken uit de rekken pak. Ik trek een Mr. Bean-achtig gezicht en doe net alsof ik een zak met colaflesjes in één keer in mijn keel giet.

Ze glimlachen voorzichtig.

Je bent zo leuk met kinderen.

Hun moeder stapt met een winkelwagen het gangpad in. Ze sommeert de kinderen in streng Frans om mee te gaan.

Die van mij komt gehaast aangelopen met een paar zakken madeleines tegen haar borst gedrukt alsof ze een minuut gratis aan het winkelen is.

'Ik zoek je vader met de kar.'

'Die zag ik net bij het fruit.'

'Kom ik vandaan, daar was-ie niet. Ik moet dit echt even ergens kwijt.'

Ik neem wat zakken over.

We vinden hem terug bij een kortingsrek met potjes eendenpaté.

'Hoezo, jullie hebben de kar, toch?'

De volgeladen winkelkar ratelt schuin over het korrelige asfalt van de parkeerplaats naar de auto.

'Ach, ben ik helemaal vergeten te vragen wat je vanavond wil eten,' zegt mijn moeder als we wegrijden.

'Maakt niet uit.'

'Weet je wat, we gaan straks lekker pizza halen bij dat mobiele busje in het dorp.'

'Pap, wil je even stoppen?'

'Wat is er, jongen? Moet je plassen?'

'Ik wil gewoon dat je even stopt.'

Mijn vader zet de auto in de berm naast een billboard van McDonalds. Hij laat de motor draaien.

'Ik ga de rest lopen.'

Ze kijken allebei om.

'Wat bedoel je lopen?'

'Terug naar het huisje.'

'Toe, lieverd, dat is veel te ver.'

'Laat hem maar even,' zegt mijn vader.

'Weet hij waar hij moet zijn dan?'

Ik probeer niet naar links te kijken als ik voel dat de Renault me stapvoets passeert. Het is vies warm langs de weg. In de berm volgen de billboards elkaar op. De Carrefour, over vijftig meter linksaf. Over honderd meter een E.Leclerc. De Lidl *à deux minutes*. Ik voel me nietig bij elk bord dat ik passeer. Knappe mensen die met een brede lach parfum, horloges en kleding aanprijzen. Producten die ik kan kopen als ik geld zou hebben. Tropische oorden waar ik naartoe kan vliegen. Een loterij die ik kan winnen.

Ik loop het stadje uit over de vluchtstrook die steeds nauwer wordt. Auto's razen voorbij. Vrachtwagens drukken me met hun warme stoot uitlaatgas de greppel in. Ik hoor mijn moeder zeggen dat ik aan de andere kant van de weg moet gaan lopen. De Fransen rijden als gekken. Een stapje naar links en alles zou weleens voorbij kunnen zijn. Ik heb daar nog nooit over nagedacht. Die cadeaubon die we allemaal in de la hebben liggen. Zo had ik het iemand op televisie weleens horen benoemen. Ik wil er niet over nadenken.

Een auto mindert vaart. Ramen open, harde muziek. Een groep jongeren gebaart met de duimen omhoog of ik een lift nodig heb. Ik schud mijn hoofd, ze rijden door.

Tess was óók voor me gestopt. Had ik aan het meertje contact gemaakt met haar of zij met mij? Ik kan het me nauwelijks herinneren. Wat maakt het ook allemaal nog uit.

Ik voel mijn benen. De weg loopt al een tijdje omhoog. Ik pauzeer bij een uitkijkpunt met bankjes en een verrekijker op een metalen paal. Beneden ligt een bijna perfect rond meer. De krater van een oude vulkaan. Ik maak me een voorstelling van de brokken rots die hier de lucht in zijn gesmeten, de lava die er als een rode fontein metershoog achteraan spoot, bevrijd uit de beklemmende macht van Moeder Aarde. Ik had een uitbarsting nodig, een aardschok. *Du mußt dein Leben ändern.*

'Je zal wel honger hebben,' zegt mijn moeder als ik in het schemerdonker thuiskom. 'We hebben nog een halve met mozzarella en een halve met pikante salami.'

Mijn ouders hebben afgesproken om over mijn wandeling te zwijgen. Of misschien ook wel niet. Ze zeggen er in ieder geval niets over.

Ik ga aan tafel zitten. Mijn moeder blijft bij de oven in de keuken staan. Mijn vader zit in de woonkamer, in het schijnsel van zijn telefoon.

'*Zab*, wat is dat nou weer voor woord,' mompelt hij.

Ik eet een stuk pizza en ga met mijn kleren aan op bed liggen.

'Kokindje? Slaap je al?'

De deur van mijn slaapkamer gaat open en dicht. Mijn moeder knipt het nachtlampje aan.

'Je vader en ik begrijpen heel goed dat je even wat tijd voor jezelf wil hebben, lieverd.'

Ze gaat op de bedrand zitten en vouwt haar handen tussen haar bovenbenen.

'Vroeger ging je ook altijd even lopen als het tegenzat, dus papa en ik maakten ons niet ongerust, hoor.'

Ik staar naar het raam. Motten en nachtvlinders fladderen in het rond.

'Kunnen we echt niet eerder weg?'

Tijdens de pizza had ik dat voorgesteld.

'Je kent je vader, schat. We hebben voor twee weken betaald. We gaan er gewoon nog iets gezelligs van maken de komende dagen.'

'Dan betaal ik die dagen wel.'

'Dat zou je vader nooit goed vinden, dat weet je. Zullen we hem morgen in een kano proberen te krijgen?'

'Ik mis Anna.'

Ze legt een hand op mijn pols.

'Ach, lieverd, dat weten we toch allang.'

'En papa zit gewoon met haar te Wordfeuden.'

'Dat is inderdaad niet zo handig van je vader. Maar je zal straks thuis net als Anna toch echt verder moeten met je leven.'

'In dat rothuis in Diemen zeker.'

'Je kan altijd bij ons terecht.'

'Waarom kan ik niet gewoon zélf een gezin hebben?'

Ik voel mijn stem dunner worden.

'Kom, je bent een leuke vent. Zo'n campinggrietje met twee van die kinderen is toch helemaal niks voor jou. Er lopen genoeg slimme vrouwen rond bij jou op de faculteit.'

'Ja en die willen allemaal een relatie met een moederskindje.'

'Je bent heus geen moederskind. En wat dan nog. Laat de mensen maar denken. Trek die kleren uit en probeer gewoon wat te gaan slapen. Morgen is alles vast weer een beetje anders.'

'Weet je dat je vroeger zei dat ik mijn tranen voor later moest bewaren?'

'Je hoeft je voor niemand groot te houden, lieverd.'

Ze staat op en loopt naar de deur.

'Kan ik nog iets voor je halen? Een glas warme melk? Een madeleine misschien?'

'Ik wil gewoon naar huis.'

De Loire

Mijn vader staat tot aan zijn enkels in de Loire en sleept de kano over de bodemstenen naar een dieper gedeelte. Hij draagt een zwemvest en zijn gele zomerhoedje. Mijn moeder zit voorin, de waterdichte ton met onze telefoons, de autosleutel en een pak slagroomeclairs stevig tussen haar knieën geklemd. Ik wacht op ze met mijn peddel dwars over mijn kajak, tot ik me weer met de stroom laat meevoeren.

Of we het zeker wisten, had de jongen van de verhuur vanochtend vanuit zijn houten huisje gevraagd. Maar mijn moeder stelde dat het allemaal wel mee zou vallen met die lage waterstand.

Ik peddel achter mijn ouders aan. Links en rechts het geluid van het blad in het water, een plons, gedruppel. Af en toe komen we in een kleine stroomversnelling terecht, waar de horzels voor de meeste opwinding zorgen.

De kano van mijn ouders komt tot stilstand op een kiezelstrandje. Mijn moeder stapt voorzichtig uit. Ze hurkt in het hoge gras. Mijn vader waarschuwt voor slangen. Ik laat me langzaam afdrijven.

Halverwege de tocht lunchen we op het water. Mijn

moeder laat de eclair die ze me wil aangeven vallen. Het roomgebakje drijft van me weg. Ik mag die van haar hebben, maar ik hoef niet.

Arrivée, staat er op een slap wit zeil dat als een hangmat boven de rivier is gespannen. De jongen van de verhuur komt overeind van een picknicktafel. Hij haalt de boten binnen en brengt ons met een ronkende dieselbus terug naar waar we vandaan kwamen.

Op weg naar het huisje stoppen we bij een forellenkwekerij. Een man op laarzen deelt de hengels uit. Hij geeft mijn vader een knuppel waarmee we ze achter de kop moeten slaan. Mijn moeder besluit bij de auto te wachten.

De betonnen vijver ziet zwart van de kronkelende vissen. Er staan plukjes gezinnen omheen. De ene na de andere forel wordt uit het water getrokken. Er is geen kunst aan. *Er lopen meer dan genoeg slimme vrouwen rond bij jou op de faculteit.* Naast me staat een bakje met pieren. Hoeveel zouden er nodig zijn om me op te eten als ik in de aarde lig? Ik staar naar mijn dobber. Mijn vader heeft beet. Hij drukt de spartelende vis op een platte steen.

'Ho maar,' zegt hij als ik een paar keer met de knuppel sla. 'Volgens mij is-ie nu wel dood.'

De terugreis

Mijn moeder is al de hele ochtend driftig aan het schoonmaken. Mijn vader is minstens zo rusteloos en benoemt telkens wat hij gaat doen als hij morgen weer thuis is. Puzzelen, tennissen, Wordfeuden.

Ik loop door het dennenbos naar het meertje. Het is een bewolkte dag. Ik ga aan het water zitten en bel met Merel.

'Misschien liep je ook wel een beetje hard van stapel.'

'Ik moet in ieder geval weg uit Diemen, dat is een eerste stap.'

Gijs gaat voor me uitkijken naar een appartement binnen de stadsring.

'Dan kunnen we je af en toe in de gaten houden.'

'Gisteren en vandaag voelt het alsof ik met mijn hoofd onder een kaasstolp zit. Hoe moet ik mijn leven veranderen als ik nooit geleerd heb om zelf beslissingen te nemen?'

Merel blijft erbij dat deze reis goed voor me is geweest.

'Ook al voelt dat misschien nu even niet zo.'

Ik laat wat platte steentjes over het water stuiteren, pluk een hand bessen in het bos en loop terug naar het huisje.

Mijn vader is al bezig met het inladen van de auto. Bij de achterbak staan de aankopen van de brocante; puzzelstukken die hij op grootte geordend heeft.

Of ik het badje alvast wil laten leeglopen.

'En je moeder heeft ook nog een mooi klusje voor je.'

Ik duw de opblaasrand naar beneden. Het water vloeit in een zachte golf uit over het gras. Met mijn ellebogen en knieën wurg ik het badje tot er geen lucht meer uitkomt.

Mijn moeder gaat in huis met de stofzuiger over de plavuizen tekeer.

'Bezemschoon, stond er in de informatiemap, maar als ik toch bezig ben. Zeg, als jij al het glaswerk van de brocante nou eens even mooi met krantenpapier inpakt.'

Ik verscheur *de Telegraaf* en rol de glazen erin op.

Na het avondeten komt mijn moeder met haar tandenborstel in haar hand de woonkamer in. Mijn vader blijkt de tandpasta te hebben ingepakt.

'Daar begrijpt een mens toch niks van,' zucht ze. 'Zestig jaar inpakervaring.'

'Jij zei: alleen de tandenborstels nog even laten staan.'

Ze vragen of ze die van mij mogen lenen, maar ik gebruik al de hele vakantie hun Prodent.

Gestommel in huis. Een spleet licht onder de deur. Ik kijk op mijn telefoon. Vijf uur. Merel wenst me een goede terugreis.

Ik slof de keuken in en snak naar koffie maar het apparaat is al schoongemaakt.

'Als je nog onder de douche wil dan moet je dat nu

doen,' zegt mijn moeder die de inhoud van de ijskast tot en met het laatste yoghurtje overzet in de koelbox.

'Je kunt vanavond ook thuis douchen,' zegt mijn vader.

Hij wil zo snel mogelijk vertrekken want dan kunnen we nog voor sluitingstijd bij De Chinese Muur zijn.

Buiten tsjirpen de krekels. Het is fris en al bijna licht. Mijn moeder en ik wachten bij de auto op mijn vader die binnen het debielenrondje maakt.

'Ik vond deze nog onder Kokindjes bed.'

'De waszak ligt al achterin,' zegt mijn moeder.

Ze neemt de onderbroek van hem over en stopt die in haar handtas.

Ik ga achterin zitten. Mijn vader zet een vuilniszak bij me op schoot. Die moet aan het einde van de straat in een container.

'Dag huisje,' zwaait mijn moeder als we wegrijden.

Als de Eiffeltoren uit het zicht is verdwenen, draait mijn moeder zich om tussen de stoelen.

'Ik weet iets leuks. Laten we zo dadelijk net als vroeger boven de weg gaan lunchen.'

In het langwerpige restaurant blijkt er geen tafel vrij bij het raam. We gaan in het midden zitten.

'Je kan het verkeer beneden net niet zien,' zegt mijn moeder als ze uit haar stoel omhoogkomt.

Zij en ik bestellen een maaltijdsalade. Mijn vader neemt alleen de croque-monsieur van de kinderkaart. Hij wil een gaatje overhouden.

'Een haaienvinnensoepje zou er zo wel ingaan,' verheugt hij zich als we in het schemerdonker Luik passeren.

De buren hebben stapeltjes gemaakt van de kranten en de post. Alles ligt op de trap, uit het zicht van naar binnen glurende inbrekers.

Mijn moeder pakt de plastic afhaalbakken uit; bami met dikke plakken ham erop, babi pangang, stokjes saté in een slap bekertje.

'Het lijkt wel voor een heel weeshuis.'

Mijn vader neemt de post aan tafel door.

'Ach nee, Rini van Vlijmen.'

Hij giet een beker snotterige haaienvinnensoep om in een kom.

De schemerlampen in de woonkamer springen tegelijk aan. Mijn moeder verslikt zich in een hap foeyonghai.

'Verzamel je vuile kleren straks even, dan draai ik alvast een wasje.'

Na het eten gaat de televisie aan. Al bij het tweede *Zomergasten*-fragment ligt mijn moeder met haar hoofd naar achteren op de bank te slapen.

Vanuit bed staar ik naar de balken aan het plafond, maar ik doe algauw het licht uit.

'Weet je zeker dat je alles hebt? Telefoon, oplader, huissleutels, portemonnee?'

Mijn moeders mantra als ik van huis wegga.

'Als Kokindje zijn pinpas maar heeft, de rest is vervangbaar.'

Ik breng mijn koffer naar de voordeur.

'Hup, we moeten haast maken als je die van negen over tien wil halen. Geef mama maar een dikke knuffel.'

Mijn moeder kijkt me bemoedigend aan.

'Zet hem op, lieverd. Het is tijd voor een frisse nieuwe start.'

Ze geeft me een bak bami.

'Hier, daar kun je vanavond nog lekker van eten.'

De dochters van Merel en Gijs zijn met me meegegaan naar de dierenwinkel.

'Hoe ga je hem noemen?' vragen ze als we met een kartonnen doos naar mijn auto lopen.

'Dat weet ik nog niet. Hebben jullie een idee?'

Ze roepen allerlei namen terwijl ik de doos voorzichtig achterin bij ze op schoot zet.

'Olivier?'

'Ja, wat is er, meiden?'

'Waarom beeft-ie zo?'

'Hij is bang omdat we hem net bij zijn moeder hebben weggehaald.'

'Weet jij wat dat gekke rode bultje bij zijn oog is?'

'Ik ben nu aan het rijden. Maar ik zal straks thuis mijn moeder even bellen, die weet dat soort dingen.'

COLOFON

Terug op de achterbank van Olivier Willemsen werd in opdracht van Uitgeverij De Harmonie te Amsterdam gedrukt door Wilco te Amersfoort.

Omslag Studio Rouwhorst & Van Roon
Auteursfoto Adrie Mouthaan
Typografie Elgraphic

ISBN 978 94 6336 177 4
Eerste druk april 2023
Tweede druk augustus 2023

www.olivierwillemsen.nl
www.deharmonie.nl

De auteur ontving voor het schrijven van dit boek een projectsubsidie van het Nederlands Letterenfonds.

Nederlands letterenfonds
dutch foundation for literature